문학을 읽고
삶을 걷다

– 책 속의 길을 따라 삶의 길을 걷다 –

삶을 비추는 길 위에서

시를 읽다 보면 시적 묘사가 눈앞에 풍경처럼 펼쳐지고, 화자의 마음이 내 마음인 듯 스며드는 경험을 하게 됩니다. 소설과 수필 또한 그러합니다. 일상에서 무심히 스쳐 지나갈 법한 장면들이 실감 나게 되살아날 때, 작가의 섬세한 시선과 표현에 감탄합니다.

독서는 삼독(三讀)을 해야 한다는 말이 있습니다. 같은 글이라도 언제 읽느냐에 따라 감동이 달라집니다. 풍경도 가까이 보는 것과 멀리서 바라보는 풍경이 다른 느낌을 주듯, 독서의 감상 또한 세월에 따라 달라집니다. 두 번째, 세 번째 읽을 때마다 글맛이 다릅니다. 전에 읽을 때 미처 느끼지 못했던 장면과 의미를 다시 발견한다는 의미입니다.

어느 봄날, 여행길에서 가까이 있는 문학관 이정표를 보고 찾아간 적이 있습니다. 소설 속 풍경이 그대로 눈앞에 펼쳐집니다. 주인공이 되어 그 시절, 그 공간에 서 있는 듯한 착각이 들었습니다. 과거의 풍경을 만난 것 같은 재현 공간이 움직이듯 다가왔습니다. 예상보다 큰 감격입니다. 독서 심독이 새롭게 닿습니다.

명작은 적어도 세 번은 읽어야 한다는 말인데, 읽는 것으로 독서의 완성이 아니라는 생각입니다. 내용 이해뿐 아니라 글의 질감과 묘미를 느끼고, 작가의 의도와 삶의 배경을 이해하며, 마지막에는 내 마음과 삶의 태도에 어떤 변화를 가져오는지를 깨닫는 과정이라는 해석입니다.

문학 탐방이 이렇게 시작되었습니다. 글 속에서 상상으로 스쳐 지나 갔던 장면이 작가의 생가와 집필실에서 마주할 때, 감동의 깊이가 달라 집니다. 그 환경과 조건에서 그때 어떤 생각을 했을지 가늠할 수 있는 기록이라는 사실입니다. 접하는 작품마다 놀라움의 연속입니다.

"어떻게 이런 환경을 견뎌 냈을까?"
"어떻게 이런 아름다운 표현이 가능할까."
"어떻게 이런 대하소설이 탄생할 수 있을까."

대부분 어려운 시대 속에서도 현실을 견디며 작품을 써 내려간 작가 들의 고뇌를 마주하게 됩니다. 더구나 일제강점기 문인들의 발자취를 따라가다 보면 안타까움과 처절한 인내를 느끼게 됩니다. 그럼에도 끝 까지 글을 놓지 않았던 지성의 흔적을 만날 수 있는 곳이 바로 문학관 입니다.

정신이 한 단계 성장하는 듯한 느낌입니다. 살아가며 성장에 맞는 옷 을 입고 필요한 음식을 먹으며 자랍니다. 식습관을 소홀히 하면 몸이 약해지듯이, 정신 또한 다르지 않습니다. 생각하지 않으면 사고는 얕아 지고, 세상을 읽지 않으면 시야는 좁아집니다. 청소년 시기는 삶의 방 향을 세우는 중요한 시간입니다.

그 시기에 무엇을 읽었는가, 무엇을 보았는가, 무엇을 생각하며 살아 갈 것인가를 결정합니다. 한 권의 책이 자신의 현재를 돌아보게 하고, 한 문장이 삶의 결을 바꾸기도 합니다. 나를 닮은 주인공이 내 말을 대 신해 주며, 나보다 더 외롭고 힘든 주인공들이 격려와 용기를 불어넣어 주기도 합니다. 힘겨운 마음길엔 위로를 주며, 안정과 휴식을 부르는 마음의 처방이 책 속에 들어 있습니다. 그래서 문학은 취미가 아니라 성장의 조건이라고 말하고 싶습니다.

이 글을 읽고 문학관 탐방을 정리하면서 문학에 좀 더 관심과 깊이를 느껴보길 바라는 마음입니다. 동시에 어떤 작품은 왜 세월이 흘러도 사라지지 않는지, 어떤 작가는 시대를 넘어 오래 기억되는지를 함께 생각해 보자는 제안이기도 합니다. 감동에 비해서 작가와 작품에 대하여 섣불리 설명하지 못한 부분이 많습니다. 상세한 표현을 다 하지 못했으므로 직접 문학의 길을 걸어 보라고 권면합니다.

독서와 문학탐방은 생각의 깊이를 길러 주는 훈련입니다. 세상을 이해하게 하는 힘입니다. 창의력이 확장되는 시기에 깊이 있는 독서는 무엇과도 바꿀 수 없는 자산이 됩니다. 읽고, 생각하고, 질문할 때 지성이 자라납니다. 비난보다 올바른 비판을 구분할 수 있는 명석함도 함께 배우게 됩니다.

과거의 흔적을 현실에서 만나게 해주는 것이 문장이고 문학관입니다. 시대의 숨결이 흐르는 곳입니다. 평소에 접하지 못하는 더 넓은 세상을 만나고, 들여다볼 때마다 더 깊은 자신을 발견하게 됩니다.
한 권의 책을 가슴에 품고, 그 문장이 태어난 자리로 발걸음을 옮겨 보시기를 권합니다. 자신은 물론이고 이웃의 삶을 따뜻하게 밝혀 줄 것입니다.

2026년 봄
어진이 이인숙

차례

제3부 • 소설 속 사람들

제4부 · 세계 문학과 우리네 인생

제5부 · 문학관 탐방기

제1부

시가 먼저 길을 열다

한 줄 시어는 짧은 문장이지만, 그 안에 설명하지 않고도 마음을 흔들고, 말하지 않아도 길을 가리킵니다.

우연히 만난 시 한 편이 마음을 오래 붙잡았던 기억이 있습니다.

첫 장에는 어진이의 시와 더불어 좋아하는 시 몇 편을 실었습니다. 또한 고전시가를 통해 옛사람들이 어떻게 자연을 바라보고 어떤 삶을 노래했는지도 새겨 보았습니다.

시를 읽는 일은 잠시 멈추어 서서 하늘을 바라보듯이 빠르게 흘러가는 세상 속에서 잠시나마 여유롭게 만들어 줍니다. 느린 걸음으로 천천히 음미해 보시기를. 권고합니다. 그 속에서 자신의 마음을 이야기하는 한 줄을 만나게 될지도 모릅니다.

계절과 시간을 나열하는 시

– 어진이

그리움
· · · · · · · · ·

첫눈 내리면
그냥 그리운 사람
봄날 꽃이 피어도
그냥 그리운 사람

신록이 푸르면 푸르러 그립고
하늘이 맑으면 맑아 그립고
단풍길이 너무 고와
걸음을 멈추면
그 길이 너무 고와 그리운 사람

온몸이
그리움의 세포로 이루어진 것처럼

멀리 있는 누군가를
마음 가까이 불러오는 사람
만날 수 없기에
더욱 깊어지는 이름 하나

그래서 늘
그래서 매양
때 없이 떠오르는
그대

☀ 계절 속에 스며든 존재의 감정

그리움은 첫눈이 내리는 겨울 풍경으로 시작됩니다. 이어서 봄날의 꽃, 여름의 신록, 가을의 단풍으로 계절이 바뀌어도 변하지 않는 누군가를 향한 그리움입니다.

시에서 반복적으로 등장하는 "그리운 사람"
자연의 아름다움이 커질수록 그 풍경을 함께 나누지 못하는 그에 대한 그리움이 더 깊어진다는 역설적인 감정입니다.

"온몸이 그리움의 세포로 이루어진 것처럼"
그리움이 일시적인 감정이 아니라 삶 전체를 관통하는 정서임을 드러내고 있습니다.
"멀리 있는 누군가를 마음 가까이 불러오는 사람"
역시 그리움이 지닌 역설입니다. 물리적으로 멀리 있지만 마음속에는 오히려 더 가까워지는 존재가 바로 그리운 사람입니다. "만날 수 없기에 더욱 깊어지는 이름 하나" 그 감정의 깊이를 한층 더 강조합니다.

마지막에 단 한 단어 "그대"

그리움의 대상이 누구인지 밝히지 않음으로써 독자의 기억 속에 누군
가를 자연스럽게 떠올리게 됩니다. 이러한 열린 결말은 시의 여운을 더
욱 길게 만듭니다.

세월의 나무

가슴 어딘가에
보이지 않는 묘목 하나
심어 두고 살았습니다.
나는 그것을
꿈이라 불렀습니다.

햇빛을 준 날도 있었고
그늘로 덮은 날도 있었습니다.

물을 준 날보다
마른 흙으로 돌아선 날이
더 많았는지도 모릅니다.
세월은 강물처럼 흐른 줄 알았는데
돌이켜 보니
해마다 둥치를 넓혀 온
나이테의 적막이었습니다.

이제 단풍 들 무렵

나는 내 나무 아래 서서 묻습니다.
저 가지들은 어디를 향했는지
저 그늘은 누군가의 이마를
잠시라도 식혀 주었는지

그저 세월은 흘러간 시간이 아니라
끝내 내가 길러 온
한 그루 삶이었기를

✳ 시간을 기르는 마음

「세월의 나무」는 누구나 가슴 어딘가에 심어 두었을 '보이지 않는 묘목'에서 시작합니다. 묘목에 꿈과 소망을 담아 잘 키우겠다고 다짐을 했지요. 햇빛을 준 날과 마른 흙으로 돌아선 날을 함께 인정하는 솔직함이 있습니다.

"세월은 강물처럼 흐르는 줄 알았는데, 나이테의 적막이었습니다"라는 대목에서 아쉬움이 보입니다. 흘러가 버린 줄 알았던 시간이 실은 안으로 켜켜이 쌓여 왔다는 깨달음은, 지나온 삶을 스스로 위로합니다. 성장이 침묵의 적막을 불러냅니다.

마지막에 이르러 시는 한 걸음 더 나아갑니다.
내 나무의 크기를 묻는 대신, 그 그늘이 누군가를 쉬게 했는지를 자문합니다. 지난 시간을 개인 회고에서 공동체적 성찰로 확장시키며, 독자로 하여금 공감을 불러냅니다.

그런 줄 알고 살았다

그 옛날
너와 나눈 이야기
너를 향한 믿음이
너를 향한 기대가
너를 향한 그리움이
꽃이 되고
잎이 지며
바람 따라 흩어진 줄 알고 살았다.
그런 줄 알고 살았다.

✵ 사라진 줄 알았던 것들의 생애

「그런 줄 알고 살았다」는 상실 이후의 감성입니다. 마음속 사랑과 이별의 아픔을 직설하지 않습니다. "그런 줄 알고 살았다"는 인식을 반복함으로써, 지나간 감정이 끝났다고 믿으려는 화자의 태도입니다.

시의 전반부는 나열의 형식으로 구성됩니다.

너와 나눈 이야기
너를 향한 믿음이
너를 향한 기대가
너를 향한 그리움이

'너'라는 존재 중심으로 감정이 확장됩니다. 믿음, 기대, 그리고 그리움으로 나아가는 흐름은 관계의 깊이를 보여 줍니다. 이 반복 구조는, 한 사람을 향해 겹겹이 쌓여온 정서의 층위를 형성합니다.

이후 자연 이미지로 전환됩니다.

꽃이 되고
잎이 지며
바람 따라 흩어진 줄 알았다

'꽃'과 '잎', '바람'은 소멸의 상징으로 읽힙니다.
감정은 피어났다가 지고, 결국 흩어졌다고 화자는 믿어 왔습니다.
중요한 점은 실제로 사라졌다고 단정하지 않는다는 것입니다.
"흩어진 줄 알았다"는 사라짐이 확정이 아닙니다.

그런 줄 알고 살았다. 자기 고백입니다.
그렇게 자신을 설득하며 살아왔다는 의미를 내포합니다.
이 작품은 절제에 있습니다. 아직 잊지 못하고 있는 감정에 설명을 덧붙이지 않고, 독자에게 해석의 여백을 남깁니다.

고운 풍경과 예쁜 마음을 담다

— 김용택

참 좋은 당신

어느 봄날
당신의 사랑으로
응달지던 내 뒤란에
햇빛이 들이치는 기쁨을
나는 보았습니다.
어둠 속에서 사랑의 물가로
나를 가만히 불러내는 당신은
어둠을 건너온 자만이
만들 수 있는
밝고 환한 빛으로
내 앞에 서서
들꽃처럼 깨끗하게
웃었지요.
아,
생각만 해도
참
좋은
당신.

봄날

나 찾다가
텃밭에
흙 묻은 호미만 있거든
예쁜 여자랑 손잡고
섬진강 봄물을 따라
매화꽃 보러 간 줄 알아라.

하루
하루 종일 산만 보다 왔습니다.
하루 종일 물만 보다 왔습니다.
환하게 열리는 산
환하게 열리는 물
하루 종일 물만 보고 왔습니다.
하루 종일 산만 보다가 왔습니다.

✽ 매화 핀 섬진강에서 늘 함께하는 시인

　김용택(1948~, 전북 임실 生) 섬진강을 생활의 중심으로 두고, 소박한 심상을 그려내는 섬진강 시인입니다. 섬진강 주변 덕치초등학교와 마암분교에서 본교 선생님으로 근무하면서 30여 년을 섬진강과 함께했습니다. 아침에 보는 섬진강물이 얼마나 눈부시고, 저문 강물은 얼마나 바빴던지 강물이 흐르는 동안 인생의 머리에 서리가 내렸다는 고백입니다.

'하루'라는 시어처럼 하루 종일 그렇게 보내고 싶은 적이 있습니다.
하루 종일 그렇게 보낸 적이 있습니다. 여러 수식 없이도 그 마음을
꼭 집어내는 '하루' 이야기입니다. 이처럼 간결하고, 이처럼 편안하고, 이
처럼 정다운 詩도 드뭅니다.

김용택 시인의 詩는 예쁜 마음과 고운 풍경이 배경입니다. 섬진강의
맑은 강물 같은 여린 순수를 부릅니다. 봄날 첫사랑을 노래하는 설렘
입니다. 아무에게도 말하고 싶지 않은 아까운 사랑을 가슴에 품었습니
다. 세상 누군가에 자랑하고 싶은 마음 한 켠을 감추고 있습니다. 늘 웃
고 있을 것 같은 모습, 독자가 자기 혼자일지라도 시를 쓸 것 같은 겸허
한 사람입니다. 참 좋은 당신과 섬진강 매화를 보러 가는 주인공이 바
로 시인일 듯합니다. 이 시를 읽는 독자가 주인공일 듯합니다.

진심에서 진심을 부르는 시

– 정호승

가을비 오는 날

가을비 오는 날
나는 너의 우산이 되고 싶었다
너의 빈손을 잡고
가을비 내리는 들길을 걸으며
나는 한 송이
너의 들국화를 피우고 싶었다.

오직 살아야 한다고
바람 부는 곳으로 쓰러져야
쓰러지지 않는다고
차가운 담벼락에 기대서서
홀로 울던 너의 흰 그림자

낙엽은 썩어서 너에게로 가고
사랑은 죽음보다 강하다는데
너는 지금 어느 곳
어느 사막 위를 걷고 있는가

나는 오늘도 바람부는 들녘에 서서
사라지지 않는 너의 지평선이 되고 싶었다
사막 위에 피어난 들꽃이 되어
너의 천국이 되고 싶었다.

섬진강 물길이 휘감아 도는 경남 하동에서 태어난 정호승(1950~) 시인
은 김용택 시인처럼 '맑음'의 언어로 우리 곁에 서 있는 시인이라 생각합
니다. 김용택 시인은 독자를 화자로 만들어 주고, 정호승 시인은 독자
의 마음을 위로합니다. 세상의 소외된 자리, 슬픔이 오래 머무는 자리
에서 들려오는 낮은 울음이 맑은 종소리처럼 번져옵니다. 아픈 사람을
대신해 울어주고, 울고 있는 사람의 곁에 조용히 우산이 되어 서 있는
시인입니다.

「가을비 오는 날」에서 시인은 "나는 너의 우산이 되고 싶다"고 말합
니다. 이 고백은 다짐처럼 느껴집니다. 상대를 위해 들꽃이 되고, 지평
선이 되고, 사막 위의 작은 꽃이 되고 싶다는 소망은, 끝까지 곁에 남고
싶다는 간절한 기도입니다. "사랑은 죽음보다 강하다는데, 너는 지금 어
느 곳, 어느 사막 위를 걷고 있는가"라는 부분은, 사랑의 부재를 견디려
는 독백입니다. 죽도록, 죽음 이후라도 함께하리라는 영원입니다.

눈물이 나면 기차를 타고 선암사로 가라
선암사 해우소로 가서 실컷 울어라
해우소에 쭈그리고 앉아 울고 있으면

죽은 소나무 뿌리가 기어다니고
목어가 푸른 하늘을 날아다닌다
풀잎들이 손수건을 꺼내 눈물을 닦아주고
새들이 가슴 속으로 날아와 종소리를 울린다
눈물이 나면 걸어서라도 선암사로 가라
선암사 해우소 앞
등 굽은 소나무에 기대어 통곡하라.

정호승 시인의 「선암사」 전문입니다.

'선암사'를 떠올리면, 선암사 풍경이 자연스레 겹쳐집니다. "눈물이 나면 기차를 타고 선암사로 가라" 울고 싶으면 실컷 울어도 괜찮다는 허락처럼 들립니다. 해우소에 쭈그리고 앉아 울고 있으면 죽은 소나무 뿌리가 기어다니고, 목어가 하늘을 난다는 상상은, 슬픔까지 생명의 움직임으로 바꾸어 놓습니다. 시인은, 눈물을 치유의 공간으로 바꾸어 줍니다.

고매(古梅)가 필 무렵의 선암사를 찾았던 기억이 떠오릅니다. 계곡물은 졸졸 흐르고, 승선교와 삼인당을 지나 일주문을 통과할 즈음, 이른 봄바람 속에서 매화 몇 송이가 피어 있었습니다. 설선당 뒤편의 매화꽃을 바라보다가 설명하기 어려운 서러움에 문득 눈물이 고였던 순간, 마음속에 정호승의 시가 흐르고 있었습니다. "선암사 해우소에 가서 실컷 울어라." 시가 울고 싶은 마음을 대신 울어줍니다.

울지 마라

외로우니까 사람이다

살아간다는 것은 외로움을 견디는 일이다

공연히 오지 않는 전화를 기다리지 마라

눈이 오면 눈길을 걸어가고

비가 오면 빗길을 걸어가라

갈대숲에서 가슴 검은 도요새도 너를 보고 있다

가끔은 하느님도 외로워서 눈물을 흘리신다

새들이 나뭇가지에 앉아 있는 것도 외로움 때문이고

네가 물가에 앉아 있는 것도 외로움 때문이다

산 그림자도 외로워서 하루에 한 번씩 마을로 내려온다

종소리도 외로워서 울려퍼진다.

– 「수선화」 전문

"외로우니까 사람이다"라고 합니다. 살아간다는 것은 외로움을 견디
는 일이라는 위로입니다. 오지 않는 전화를 기다리지 말고, 눈이 오면
눈길을, 비가 오면 빗길을 걸어가라는 당부가, 외로움을 그대로 받아들
이라는 격려처럼 다가옵니다. "가끔은 하느님도 외로워서 눈물을 흘리
신다"니, 외로움은 인간만의 결핍이 아니라 모든 존재의 본질임을 깨닫
게 됩니다.

시인의 작품에는 유난히 '눈(雪)'이 자주 등장합니다. 첫눈 오는 날, 첫
눈, 밤눈, 봄눈 등에서 느껴지는 동심과 순결성은, 세상의 때가 묻지 않
은 마음으로 돌아가고자 하는 시인의 소망처럼 보입니다. 눈으로 가득
한 세상이 오히려 따뜻한 정서로 느껴집니다.

슬플 때 울어라, 또는 울지 말라며 눈물이 자주 등장합니다. 눈물이 많은 시인인가 봅니다. 슬픔도 많이 등장합니다. 교과에 나오는 '슬픔이 기쁨에게'라는 시도 그렇습니다. 슬픔을 모르는 이는 진정한 기쁨도 모른다는 이야기입니다. 슬픔으로 가는 길, 슬픔 많은 이 세상도, 슬픔을 위하여, 슬픔이 누구인가! 등 눈물과 슬픔을 위로하는 시인입니다.

시인의 시를 따라가다 보면, 내가 울음을 숨기지 않아도 되는 사람으로 다시 태어납니다. 외로움을 부끄러워하지 않아도 되는 사람, 슬픔 속에서도 들꽃 한 송이를 피워낼 수 있는 사람으로 말입니다. 시인은 직접 만나지 않아도 이미 오래전부터 곁에 있었던 사람처럼 느껴집니다. 아무 말 없이 바라만 보아도 따뜻한 위로가 전해질 것 같은 인품이 상상하는 정호승 시인의 모습입니다.

살다 보면 그런 것, 혼자 어둠 속에서 속내를 삭여야 할 때가 있습니다. 시인은 "슬프거나 힘들고 외로울 땐 울어도 괜찮다"는 허락으로 우리를 살게 합니다. 가을비 오는 날이면, 그리고 문득 눈물이 차오르는 날, 혹은 온 세상눈으로 가득한 날, 이른 봄 수선화가 유난히 아름답게 피어날 때, 정호승 시인의 시를 펼쳐 듭니다. 내 자신의 맑은 마음을 만나기 위해서입니다.

기다림과 그리움의 노래

— 황지우, 김민부

너를 기다리는 동안 — 황지우

네가 오기로 한 그 자리에
내가 미리 가 너를 기다리는 동안
다가오는 모든 발자국은
내 가슴에 서성거린다
바스락 거리는 나뭇잎 하나도 다 내게 온다
기다려 본 적이 있는 사람은 안다
세상에서 기다리는 일처럼 가슴 설레는 일 있을까
문을 열고 들어오는 모든 사람이
너였다가
너였다가,
너일 것이었다가
다시 문이 닫힌다
사랑하는 이여, 오지 않을 너를 기다리며
마침내 나는 너에게 간다
아주 먼 데서 나는 너에게 가고
아주 오랜 세월을 다하여 너에게 지금 오고 있다
아주 먼 데서 지금도 천천히 오고 있는 너를
너를 기다리는 동안 나도 가고 있다

남들이 열고 들어오는 문을 통해
내 가슴에 서성거리는 모든 발자국을 따라
너를 기다리는 동안 나는 너에게 가고 있다

기다리는 마음 – 김민부 作, 장일남 曲

일출봉에 해 뜨거든 날 불러주오
월출봉에 달 뜨거든 날 불러주오
기다려도 기다려도 님 오지 않고
빨래소리 물레소리에 눈물 흘렸네

봉덕사에 종 울리면 날 불러주오
저 바다에 바람 불면 날 불러주오
기다려도 기다려도 님 오지 않고
파도소리 물새 소리에 눈물 흘렸네

　기다림과 그리움의 노랫말을 어쩌면 이렇게 표현할 수 있을까요. 누구나 한두 번, 혹은 수없이, 혹은 영원히 간직하고 있을 기다림입니다. 참으로 인생이란 고독한 단독자라고 하는 말은, 지독한 기다림을 경험한 사람입니다. 너를 기다리는 시간 그 이전부터 설레던 마음을 경험자라면 압니다.

그 시간에 오가는 시선 하나하나, 미세한 소리마다. 오감이 멈추는 행복한 긴장감을, 아는 이는 알 것입니다. 그러다가 결국 일어서야 하는 허망한 심경 역시 아는 이는 알 것입니다. 황지우 시인의 기다리는 동안은 사랑하는 사람을 찻집에서 기다리는 모습이고, 김민부 작가의 기다리는 마음은 못다 한 시대를 노래한 느낌입니다.

일상에서 소소한 기다림도 다양합니다. 보낸 문자에 대한 답신이라든가, 정성껏 보낸 선물에 대한 호응, 연착하는 마지막 차량, 입학이나 직장 합격 통지서입니다. 나아가 거시적으로 보면 평등과 공정사회까지, 인생은 기다림과 그리움으로 살아가다 아쉬움을 남긴 채 떠나는가 봅니다.

못 잊을 풍경에 대한 연가

- 문정희

문정희(文貞姬, 1947~) 전라남도 보성군에서 태어나 동국대학교 국어국문학과를 졸업했으며, 같은 대학교 대학원을 졸업. 서울여자대학교 대학원에서 문학 박사 학위를 받았습니다. 1969년『월간문학』으로 등단, 현대문학상, 소월시문학상, 정지용문학상 등을 수상했고, 2008년 한국예술평론가협회 선정 올해의 최우수 예술가상 문학 부문 등을 수상했습니다.

한계령을 위한 연가

한겨울 못 잊을 사람하고
한계령쯤을 넘다가
뜻밖의 폭설을 만나고 싶다.
뉴스는 다투어 수십 년 만의 풍요를 알리고
자동차들은 뒤뚱거리며
제 구멍들을 찾아가느라 법석이지만
한계령의 한계에 못 이긴 척 기꺼이 묶였으면.

오오, 눈부신 고립
사방이 온통 흰 것뿐인 동화의 나라에
발이 아니라 운명이 묶였으면.

이윽고 날이 어두워지면 풍요는
조금씩 공포로 변하고, 현실은
두려움의 색채를 드리우기 시작하지만
헬리콥터가 나타났을 때에도
나는 결코 손을 흔들지는 않으리.

헬리콥터가 눈 속에 갇힌 야생조들과
짐승들을 위해 골고루 먹이를 뿌릴 때에도······
시퍼렇게 살아 있는 젊은 심상을 향해
까아만 포탄을 뿌려 대던 헬리콥터들이
고라니나 꿩들의 일용할 양식을 위해
자비롭게 골고루 먹이를 뿌릴 때에도
나는 결코 옷자락을 보이지 않으리.
아름다운 한계령에 기꺼이 묶여
난생처음 짧은 축복에 몸 둘 바를 모르리.

　한겨울 눈세상을 만났을 때 설렘을 감출 수 없는 순간, 의도된 고립
을 꿈꾸는 장면입니다. 영화처럼, 소설처럼 동화처럼 못 잊을 사람과 폭
설을 만나고 싶다고 말합니다. 모두들 수십 년 만의 풍요에 들떠 있고
남들은 갈 곳을 찾아 분주하지만 화자는 그대로 발이 묶이기를 원합니
다.
　어쩔 수 없는 현실에 매인 척하지만, 사실은 자발적으로 멈추겠다
는 선언입니다. 눈부신 고립에 다른 아무것도 필요하지 않습니다. 구조

해 주는 손길도 마다합니다. 다음은 몰라도 좋습니다. 눈으로 덮힌 아름다운 한계령에 기꺼이 묶여 몸 둘 바 없이 고립되고 싶은 못 잊을 시간….

'한계령에서 그대와 나' 오직 이 순간입니다. 가는 길 오는 길 이야기가 아닌, 어제와 내일의 이야기가 아닌, 동화 속 지금입니다. 시간도 모르고 배고픔도 모르고, 추운 줄도 모르고… 모르고… 그냥 못 잊을 사람과, 못 잊을 풍경과, 빛나는 추억 하나뿐입니다.

방랑 시인 백석을 만나고 싶다

– 이생진

내가 백석이 되어
. . . .

나는 갔다
백석이 되어 찔레꽃 꺾어 들고 갔다
간밤에 하얀 까치가 물어다 준 신발을 신고 갔다
그리운 사람을 찾아가는데
길을 몰라도 찾아갈 수 있다는
신비한 신발을 신고 갔다

성북동 언덕길을 지나
길상사 넓은 마당 느티나무 아래서
젊은 여인들은 날 알아채지 못하고
차를 마시며 부처님 이야기를 나누고 있었다
까치는 내가 온다고 반기며 자야에게 달려갔고
나는 극락전 마당 모래를 밟으며 갔다
눈오는 날 재로 뿌려달라던 흰 유언을 밟고 갔다

참나무 밑에서 달을 보던 자야가 나를 반겼다
느티나무 밑은 대낮인데

참나무 밑은 우리 둘만의 밤이었다

나는 그녀의 손을 꼭 잡고 울었다
죽어서 만나는 설음이 무슨 기쁨이냐고 울었다
한참 울다보니
그것은 장발이 그려놓고 간
그녀의 스무 살 때 치마였다
나는 찔레꽃을 그녀의 치마에 내려놓고 울었다
죽어서도 눈물이 나온다는 사실을
손수건으로 닦지 못하고 울었다

나는 말을 못했다
찾아오라던 그녀의 집을 죽은 뒤에 찾아와서도
말을 못했다
찔레꽃 향기처럼 속이 타 들어갔다는 말을 못했다

❈ 시인(詩人) 백석

문학 속에서도 만나고 싶은 사람이 있습니다.

백석(白石), 평안북도 정주에서 태어나 김소월과 같은 고향을 둔 남자,
오산학교를 거쳐 일본 유학을 다녀오고, 조선일보 기자와 함흥 영생여
고 교사로 재직했던 그는 당대의 신지식인이며, 동시에 사람들 기억 속
에 유난히 잘생긴 사내로 남아 있습니다.

백석의 삶을 들여다보면 늘 이동의 연속입니다. 일제강점기라는 시대 그늘 아래에서 그는 만주와 조선을 오가며 떠돌듯 살았습니다. 1940년대 초반까지 발표한 작품들은 오늘날까지도 한국 시문학의 가장 빛나는 성취로 평가받지만, 광복 이후 그의 문학 활동은 거의 전해지지 않습니다.

고등 교과에 수록된 시 「남신의주 유동 박시봉방(南新義州 柳洞 朴時逢方)」를 처음 봤을 땐 무슨 시 제목이 이러한지 의미를 몰랐습니다. 알고 보니 집 주소입니다. 남신의주 유동 박시봉이라는 목수집 방 하나를 얻어서 살아가는 내용입니다. 집도 없고 부모형제도 없고 아내도 없이 낯선 곳 차가운 방에 홀로 있습니다.

아는 이 없고 할 일도 없으니 밖에 나갈 일도 없습니다. 누워 뒹굴거나 딜옹배기에 불 담아 손을 쬐다가 뜻 없이 글씨를 쓰며 지내는 나날입니다. 외로움과 쓸쓸한 한탄 속에도 화롯불을 가까이 두고 외롭지만 굳고 정한 갈매나무를 생각한다는 시인의 심상이 어떻습니까!

문득 갈매나무가 어떤 나무인지 궁금하여 찾아봅니다. 바람 불 때 갈매기 소리가 들린다 하여 이름 붙었는데 한반도 북쪽 지역이나 강원 일대에 자생하는 나무라고 나옵니다. 높이 5m~10m 정도, 산의 습한 곳이나 계곡부에서 자라며 햇볕을 좋아하고 추위에는 강하나 공해에는 약하답니다.

백석을 말할 때, 문학작품으로 부족합니다. 그 이름 곁에는 언제나 '자야'라는 여인이 함께 따라옵니다. 본명 김영한, 혹은 김자야로 불린 그녀는 기녀였고, 세상은 이들의 사랑을 흔하디흔한 멜로 드라마쯤으로 치부하기도 합니다. 지식인과 기생의 사랑, 시대와 신분의 벽 앞에서 좌절될 수밖에 없는 인연입니다.

하지만 백석과 자야의 사랑은 통속적 가십거리로 설명되지 않습니다. 영혼과 언어로 이어진 사랑이었습니다. 집안과 주변의 극심한 반대 속에서도 두 사람은 끝내 마음을 나누었고, 시와 기다림으로 서로를 지켰습니다. 그러나 백석의 월북으로 두 사람의 사랑은 하루아침에 단절됩니다.

자야는 서울 성북동에서 대원각을 운영하며 평생을 정인 백석을 마음에 품고 살았습니다. 그리고 마지막 순간, 자신이 일군 막대한 재산을 모두 내려놓고 대원각을 길상사로 바꾸어 시주합니다. "수천억의 돈이 무슨 소용이랴, 백석의 시 한 줄만도 못하다"라는 유언은 미담을 넘어, 사랑과 예술의 가치를 상기합니다.

이러한 이야기가 오늘날까지도 많은 이들의 가슴을 울리는 까닭이 무엇일까요! 이룰 수 없는 사랑의 아픔이라서 그럴까요! 이생진 시인의 「내가 백석이 되어」가 회자되는 것 역시, 끝내 만나지 못한 사랑을 대신 완성해 주고 싶은 독자들의 마음이 아닐까요! 우리는, 한 번쯤은 백석이 되어 자야를 만나러 가고 싶고, 자야가 되어 백석을 기다리고 싶어집니다.

백석은 이미 세상에 없지만, 우리는 여전히 그를 만나고 싶어 합니다. 백석과 자야오가의 사연에서, 인간이 끝까지 지켜야 할 것이 무엇인지 느끼며 감동하기 때문입니다. 옛 시절엔 이렇게 비슷한 전설이 있었답니다.

단단한 돌로 다스리는 감정

– 이영도, 유치환

탑(塔) – 이영도

너는 저만치 가고
나는 여기 섰는데
손 한 번 흔들지 못하고
돌아선 하늘과 땅
애모는 사리로 맺혀
푸른 돌로 굳어라

바위 – 유치환

내 죽으면 한 개 바위가 되리라
아예 애련에 물들지 않고
희로에 움직이지 않고
비와 바람에 깎이는 대로
억 년 비정의 함묵(緘默)에
안으로 안으로만 채찍질하여
드디어 생명도 망각하고
흐르는 구름
머언 원뢰(遠雷)
꿈 꾸어도 노래하지 않고

두 쪽으로 깨뜨려져도

소리하지 않는 바위가 되리라

　이영도 선생의 「탑」과, 청마 선생의 「바위」를 한 자리에 놓고 비교해 보겠습니다. 두 시는 형식과 어조는 다르지만, 감정을 다스리려는 심정을 느낍니다. 「탑」에는 '너'와의 거리를 전제합니다. 상대는 멀어져 가고, 자기는 그 자리에 남아 있습니다. 손 한 번 흔들지 못했다는 고백은 표현되지 못한 감정과 남겨진 침묵이 드러납니다.

　청마 선생의 「바위」는 훨씬 단호한 목소리를 지닙니다. 애련과 희로에서 벗어나고자 하며, 비와 바람에 깎여도 침묵하는 존재가 되기를 선언합니다. 감정의 동요를 초월하겠다~ '억 년 비정의 함묵'으로 일관하겠다는 다짐이 아프게 닿습니다. 두 분의 감정을 바탕으로 작품을 함께 놓고 보면, '돌'의 이미지가 서로 다른 방향으로 확장되는 걸 알 수 있습니다.

　감정을 굳혀 간직하려는 침묵을 「탑」으로 본다면, 「바위」는 감정 자체를 초월하려는 의지에 가깝습니다. 돌과 바위가 주는 언어에서 무심 무정함의 상징보다 깊은 감정을 통과한 뒤에 도달한 하나의 결론으로 읽습니다. 우리는 수많은 감정 속에서 살아가지만, 동시에 중심에 무너지지 않으려고 단단하게 다잡습니다. 서로를 향한 침묵과, 서로를 위한 결의가 굳건하면서도 애달픕니다.

나를 살게 한 그 집

– 박경리

옛날의 그 집

빗자루병에 걸린 대추나무 수십 그루가
어느 날 일시에 죽어 자빠진 그 집

십오 년을 살았다

빈 창고같이 횅덩그레한 큰 집에 밤이 오면
소쩍새와 쑥꾹새가 울었고
연못의 맹꽁이는 목이 터져라 소리 지르던 이른 봄

그 집에서 나는 혼자 살았다

다행히 뜰은 넓어서
배추 심고
고추 심고
상추 심고
파 심고
고양이들과 함께 정붙이고 살았다

달빛이 스며드는 차가운 밤에는
이 세상의 끝의 끝으로 온 것 같이
무섭기도 했지만
책상 하나 원고지, 펜 하나가
나를 지탱해주었고
사마천(司馬遷)을 생각하며 살았다

그 세월, 옛날의 그 집
그랬지 그랬었지

대문 밖에서는
늘 짐승들이 으르렁거렸다
늑대도 있었고 여우도 있었고
까치독사 하이에나도 있었지

모진 세월 가고
아아 편안하다
늙어서 이리 편안한 것을
버리고 갈 것만 남아서 참 홀가분하다.

박경리(본명 박금이, 1926~2008, 경남 통영生) 근현대사에서 접한 작가 중
에 아주 귀하고 높게 바라보는 작가입니다. 많은 저서가 있지만 선생의
『토지』는 한두 지면으로 독후를 못 올리겠습니다. 통영의 작가 한국 문

단의 거목을 넘어서 세계 누구와 비견해도 당당할 박경리 선생을 조명합니다.

선생의 자술기 일부를 발췌합니다.

나의 출생은 불합리했다. 이 허무한 세상에 왜 내가 태어났으랴 하는 따위의 뜻은 물론 아니다. 그것은 부모들의 관계에서 온 나의 견해였다. 아버지는 죽는 날까지 어머니에 대하여 타인이라기보다 오히려 적의에 찬 감정으로 시종일관했다. 어찌하여 사랑하지도 않고 그렇게 미워한 여인에게 나를 낳게 했는가 싶다…

1946년에 진주여고를 졸업한 뒤 곧 결혼합니다. 그러나 남편은 6·25가 터지면서 행방불명이 되더니 1950년 말 서대문형무소에서 죽음을 맞습니다. 남편을 먼저 떠나보낸 그는 다시 세 살짜리 아들을 잃고 맙니다. 선생은 "악이 승리한다는 절망"에 진절머리를 치면서 견뎌냅니다.

나는 내 삶을 사랑한다. 그것이 내가 가진 유일한 것이기 때문이다. 인생은 우리가 처한 환경에 따라 결정되는 것이 아니라, 어떻게 대처하느냐에 따라 결정된다. 존재하는 것을 그대로 받아들이는 것, 그것이 사랑의 시작이다.

통영 서피랑에 선생의 생가가 있습니다. 생가 담벼락에 있는 글귀를 옮겨봤습니다. 사마천을 생각하며 견딘 옛날의 그 집인 듯싶습니다. 통영 기념관이 있고, 원주에 문학관이 있습니다.

하동 평사리에 토지의 배경인 최참판댁이 조성되어 있습니다. 모두 돌아볼 만한 가치가 있습니다.

영월에 머무른 두견새의 노래

– 단종

자규시(子規詩)

원한 맺힌 새 한 마리 궁궐을 나온 뒤로
외로운 몸 짝 없는 그림자만 푸른 산속을 헤매누나.

밤마다 잠을 청해 보나 잠 이룰 길 없고
해마다 한을 다하려 해도 한은 끝이 없구나.

새벽 산에 울음소리 끊기고 지는 달만 하얀데
피 흐르는 봄 골짜기엔 떨어진 꽃잎만 붉구나.

하늘은 귀가 먹어 이 슬픈 하소연을 듣지 못하는데
어찌하여 수심 잠긴 이 내 귀만 홀로 밝은가.

자규시에 대한 엄흥도의 답시(答詩)

한 번 청령포 영월 땅에 오시더니
외로운 몸 짝 없는 그림자만 푸른 산중에 있구나

밤마다 잠을 청하나 잠은 오지 않고
해마다 한을 풀려 하나 한은 끝이 없네

새벽 봉우리에 소리 끊기니 지는 달만 하얗고
봄 골짜기에 피 흐르니 지는 꽃이 붉구나

하늘은 귀머거리인가, 이 슬픈 하소연을 못 듣는가
어찌하여 시름 많은 내 귀만 홀로 이리 밝은가

애가(哀歌)

천추에 원한 가슴 깊이 품은 채
적막한 영월 땅, 황량한 산 속에서
만고에 외로운 혼, 홀로 헤매는데
푸른 솔은 옛 동산을 감싸고 있네
고개 위 소나무는 하늘 높이 우거졌고
냇물은 돌에 부딪쳐 소란도 하구나
산이 깊어 맹수도 득실거리니
저물기 전에 사립문을 닫아 거노라

영월은 단종(재위 1452~1455)이 폐위되어 유배되었던 땅입니다. 청령포의 강물은 사방이 막힌 듯 흐르고, 산은 겹겹이 둘러싸여 있어 세상과 단절된 형국입니다. 어린 나이에 왕위에 올랐다가 숙부에게 왕좌를 빼앗기고 이곳으로 밀려난 단종에게, 영월은 세상 이치와 하늘의 도리를 동시에 묻는 자리였을 것입니다.

달 밝은 밤 관풍헌에 올라 두견새 울음을 들으며 남긴 시에는 원망과 체념, 그리고 한(恨)이 서려 있습니다.

"네 소리 없었던들 내 시름 없을 것을…"이라는 탄식은, 실은 두견새를 향한 말이 아니라 자신의 운명을 향한 독백처럼 느껴집니다. 두견새, 곧 불여귀(不如歸)라는, 돌아가지 못하는 존재의 상징은 단종 자신의 처지와 겹쳐집니다.

영월의 단종은 그 고독이 극한에 이른 모습이라 할 수 있습니다. 왕이었으되 아무것도 할 수 없는 자리, 하늘을 대신한다 여겨지던 군주가 하늘을 원망하게 되는 자리. 그곳이 바로 영월입니다.

천도(天道)는 과연 정의로운가 하는 물음은 단종의 생애 속에서 더욱 절실해집니다. 선하고 어질었다 전해지는 소년 임금은 비극으로 생을 마쳤고, 권력을 쥔 자는 한동안 승리한 듯 보였습니다.

청령포는 하늘도 푸르고 물도 푸르고 바람마저도 푸른 휘파람 소리를 냅니다. 두견새의 서러운 울음 소리만 아니라면, 애달픈 역사만 아니라면, 청령포는 천혜의 그림 아니겠습니까! 자연과 역사 앞에서 마음이 숙연해집니다.

불의와 비극의 역사는 결국 책으로 영화로, 마음과 마음으로 단종을 복위시키고, 그의 억울함을 기억합니다. 하늘의 응답은 더디었을 뿐이지 천도는 살아있습니다.

영월을 배경으로 생각해 보면, '왕과 사는 남자'라는 말은 다른 의미로 다가옵니다. 왕의 곁에서 권력의 영광을 함께 누린다는 뜻이 아니라, 왕의 고독과 비극을 함께 견디는 일입니다. 영월의 강물과 두견새 울음이 그 시간을 증언하고 있습니다.

제2부

삶을 비추는 수필의 등불

수필은 삶의 기록입니다. 하루의 작은 깨달음이 한 편의 글이 되고, 좋은 글은 다시 누군가의 마음을 밝히는 등불이 되기도 합니다.

사노라면 수많은 사람과 책을 만납니다. 만남 속에 기쁨도 있고, 후회와 아쉬움도 있었습니다. 그러나 그 모든 인연은 오늘의 자리로 이끌어 준 소중한 자산이라 여깁니다.

여기에는 내가 살아오며 느낀 생각과 경험을 담은 글과 함께 문단의 훌륭한 작가들이 남긴 아름다운 수필을 함께 실었습니다. 그 글들은 시대가 달라도 인심은 서로 닮아있다는 사실을 배워갑니다.

수필을 읽는다는 것은 누군가의 삶을 잠시 빌려 살아 보는 일과도 같습니다. 그 속에서 우리는 자신의 삶을 다시 돌아보게 됩니다.

망망대해와 같은 인생살이

— 표해록

「표해록(漂海錄)」은 조선 전기 실학에 큰 족적을 남긴 최부(1454~1504)가 바다를 떠돌면서 쓴 글입니다. 제주도에서 근무하던 중 부친상을 치르기 위해 육지로 오는 과정에서, 풍랑을 만납니다. 보름가량 표류하다 죽을 고비 끝에 중국 저장성에 도착합니다. 살았다 싶었는데 그곳에서 일본 첩자로 오해받아 또 죽을 뻔합니다.

6개월 만에 조선에 돌아와, 성종 임금께 사실을 고하니, "기막히도다~!" 그 내용을 글로 남기라는 어명을 받고 쓴 견문기입니다. 원치 않는 이 표류기에는 조선인이 경험할 수 없었던 해외의 풍경과 문물을 생생하게 기록한 것으로, 유학적 지식뿐만 아니라 관찰력을 갖춘 학자로서의 면모를 보여주고 있습니다.

제주를 떠날 때, 뱃사공이 먹을 물을 싣지 않았습니다. 표류할 줄 몰랐지요. 식수가 없으니 밥을 짓지 못합니다. 물자가 넉넉한 자들은 자기들끼리 귤을 까먹고 청주도 마시면서 나눠주지 않습니다. 이럴 수 있단 말인가! 명령하여 샅샅이 뒤져 귤 몇 개, 술 두 동이를 찾아냅니다. 아껴라~ 모두 입이 타고 갈라지는 정도만 면하게 합니다.

그마저도 다 떨어집니다. 마른 쌀을 잘게 씹어 먹고, 제 오줌을 받아 마십니다. 좀 더 지나니 오줌도 다하고, 말도 나오지 않습니다. 죽을 상황에 비가 내립니다. 빗물을 받고 싶은데, 그릇이 없습니다. 누가 말하기를 옷을 적신 다음, 짜보자고 합니다. 그러나 옷이 바닷물에 젖어서 빗물이 스며들 수 없습니다. 자신의 여벌 옷을 내어, 적신 다음 꼭 짜모으니 물 몇 병이 나옵니다.

금이 귀한들 이보다 귀할까~ 사람들이 받아 먹고자 입을 벌리고 있는 모양새가 마치 새끼 제비 같습니다. 한 숟가락 물맛으로 혀를 휘둘러 소리를 내 봅니다. 살 것 같은 희망이 생깁니다. 생존에 대한 절망과 열망이 너무나 적나라한, 이 표류기는 상상 이상 천신만고 그대롭니다. 겨우 살아 돌아온 최부 선생, 훗날 폭군 연산에 의해 참형당하니 참으로 기구합니다.

부와 권력, 정의와 목숨을 다 지키고 살기란 힘든가 봅니다. 역사의 뒤안길에서 누명을 쓰고 억울한 처벌을 받은 이가 어디 한두 예화겠습니까! 흥망성쇠가 거듭되는 동안, 시대마다 필요로 하는 인물이 등장합니다. 새 시대에 도전하고 응전하여 성취 대열에 앞장서는 처세의 달인들도 결국 소멸하고 맙니다.

현실에서 이기는 게 정의라고 하기엔 애매합니다. 현실에서 패배하는 정의가 수두룩하기 때문입니다. 다만 역사에서는 정의가 반드시 승리합니다. 시간이 좀 걸리기 때문에 답답하고 안타깝고 화가 나기도 합니다.

낚시가 알려주는 삶의 이치

– 조설

　남구만(南九萬, 1630~1711) 숙종 시대 제139대, 143대 영의정, 시호는 문충(文忠)입니다. 바른말 잘하기로 유명한 선생은 주위 모함을 받아서 귀양살이도 많이 했습니다. 말년에는 당파싸움이 지긋지긋하여 벼슬에서 물러납니다. 우리가 익히 알고 있는 시조 「동창이 밝았느냐 노고지리 우지진다. 소 치는 아이는 상기 아니 일었느냐 재 너머 사래 긴 밭을 언제 갈려 하나니.」의 저자입니다.

　「조설(釣說)」은 1670년 고향 결성(潔城)에서 지낼 때, 낚시를 하면서 깨달은 이야기입니다. 선생의 수필 『약천집(藥泉集)』에 수록되어 있습니다.

　긴 여름 무료하여 연못에 나가 낚시를 합니다. 이웃에게 얻은 낚싯대를 드리우는데 물고기가 종일 입질도 안 합니다. 누가 보더니, 바늘 끝이 너무 굽어서 그러니 밖으로 펴야 한다네요. 그렇게 했습니다. 다음 날도 한 마리를 못 잡았습니다. 그렇다고 하니, 누가 또 말하기를 낚시 둥글기가 너무 넓어서 그런 것 같다고 합니다. 하여 바늘을 적당히 폈습니다. 다음 날 종일토록 드리워서 겨우 한 마리를 잡았습니다.
　또 누가 이렇게 해 봐라, 저렇게 해 봐라, 낚싯바늘에 대한 견해를 받아들여 완전하게 고쳤습니다. 다음엔 찌가 문제입니다. 낚싯줄에 매달린 찌가 움직이기만 하고 물속에 잠기지 않아요. 고기가 물면 찌가 들어가고, 그때다 싶어 당기는 것인데 이런 순간 포착이 어렵습니다.

하도 못 하니까 옆에서 보던 이가, 내 낚싯대로 고기를 낚아 보겠다고 합니다. 그래 해보라~ 했는데 고기를 잘 잡아요.

아니, 그 자리 그대로, 낚싯줄도, 바늘도, 미끼며, 찌까지 내 것을 그대로 사용하는데, 저 사람은 잘 잡고 나는 왜 못 잡는가? 알 수가 없습니다.

무슨 차이인가 물어보니 이렇게 대답합니다.

"선생은 법(法)은 잘 아는데 묘(妙)가 부족합니다."

"묘가 무엇입니까?"

"묘는 가르쳐 주는 것이 아닙니다. 본인의 노력이고 습관이고 반복이고 통달입니다."

그제야 낚싯대를 던지고 탄식합니다.

"훌륭한 가르침이오. 이런 사항을 도(道)로 미루어 본다면 어찌 낚시에만 적용되겠소. 작은 일로 큰 일을 깨우친다 하였으니 바로 이런 것을 두고 한 말입니다. 내 이 내용을 기록하여 스스로 살피는 자료로 삼고자 합니다."

메아리를 쫓는 거위의 걸음

– 짝 잃은 거위를 곡하노라

오상순(吳相淳 1894~1963) 서울 출생. 호는 공초(空超), 일본 도시샤(同志社)대학 종교철학과 졸업. 『폐허』 동인. 식민시대 지식의 감성으로 허무적 낭만주의 경향이 작품 속에 직접 노출되어 있습니다. 작품으로 「시대고와 그 희생」, 「방랑의 마음」, 「허무혼의 선언」, 「공초 오상순 시집」이 있습니다.

선생께서 직접 거위 한 쌍을 키웁니다. 십여 년 지내다 보니 정이 들었습니다. 어느 날 거위 한 마리가 맹견에 물려서 죽습니다. 홀로 된 거위 한 마리가 제짝을 찾아다니는데 그 모습이 측은합니다. 마치 홀로된 자기 심정처럼 애절하기 그지없습니다.

그동안 밤낮 없이 함께하던 짝입니다. 집 안 어딘가 있는가 기대하며 먹지도 않고 잠도 안 자고 찾느라 돌아다닙니다. 여윈 몸에 넋 빠진 몰골입니다. 비가 내리거나, 달이 밝거나 구석구석 돌아다니면서 제 동무를 부르는 소리가 단장곡처럼 울려 퍼집니다.

어느 땐 부르는 제 소리가 메아리로 돌아옵니다. 죽은 동무를 부르는 제 소리인 줄 모르고, 소리 나는 쪽으로 뒤뚱거리며 달려가 보지만, 적

적무문(寂寂無聞)이라~! 또다시 외치고 제 소리 울려 퍼지는 쪽으로 쫓아가다~ 암담히 돌아서는 꼴을 차마 보기 어렵습니다.

　말 못 하는 짐승이라 말은 주고받고 못 하나, 나도 모르게 일맥의 정이 통했는지, 그동안 십수 년 위로와 정스런 순간이 많았습니다. 사실인즉 꼭 같은 설움으로 공명(共鳴) 어린 통곡도 해보련만 숙명적 비통을 무엇으로 위로하리오.

　거위의 슬픔과 자기 감성의 동일시입니다. 비슷한 사연을 담은 이는 글 속에서 자기를 발견하겠지요. 마흔셋에 혼자된 우리 언니도 그랬습니다. 준비 없는 이별이 처음엔 놀랍고 무섭더랍니다. 나날 그립고 미안하더랍니다. 살아갈 걱정 속에 앞날이 암담한데, 죄인처럼 주변 시선이 부끄럽기도 하더랍니다.

　1920년 작품입니다. 식민지 지식인의 마음을 헤아리며 읽었습니다. 나라를 잃고, 고향을 잃고 가족을 잃었다는 전제로 볼 때, 홀로 된 거위에게 느껴지는 고독과 회의, 비통의 감정, 모두 작가의 내면의식이라 하겠습니다.

난하(灤河)의 교훈

- 일야구도하기

　　연암 박지원(1737~1805) 조선 후기 소설, 철학, 천문학, 병학, 농학 등 광범위한 영역에서 활동한 북학의 대표적 학자입니다. 1780년 연행에서 접한 청의 문물은 이용후생 위주의 실학 사고로 전환하게 됩니다. 저서로 「호질」, 「허생전」이 있고, 「열하일기」는 풍속·제도·문물에 대한 소개·인상과 조선의 제도·문물에 대한 비판이 들어 있는 기행수필이라 하겠습니다.

　　본문으로 들어가 보겠습니다. '난하'는 변경(邊境)에서 흘러와 만리장성을 뚫고, 유하(榆河), 조하(潮河), 황하(黃河), 진천(鎭川)의 물과 합쳐집니다. 이 물이 밀운성(密雲城)을 지나며 백하(白河)라는 이름으로 바뀝니다. 어젯밤 아홉 번 건넌 백하는 난하의 하류입니다.

　　난하를 건널 때는 한밤중이라, 바깥 상황은 볼 수 없고 모든 신경이 물소리에만 집중되어 있습니다. 아차~ 한 번 떨어지면 바로 물고기 밥이 될 상황입니다. 달달 떨며 한 번, 두 번… 하룻밤에 그 강을 아홉 번을 건너봅니다. 나중에는 넘실대는 물결이 땅바닥처럼, 입고 있는 옷처럼, 마치 내 성정(性情)인 양 태연해지는 것입니다. 결국 모든 게 마음가짐이라는 깨달음을 얻습니다.

　　소리란 게 그렇습니다. 우리 집은 산골에 있는데, 집 앞에 시내가 흐릅니다. 여름에 큰 소나기가 내리면 시냇물이 엄청나게 불어납니다. 이런 때 물길이 움직이고, 치달리고, 쏘고, 두드리듯 노호하는 소리를 듣다 보면 귀가 물소리에 젖어버리곤 했습니다. 물소리가 아니라도 주변에서 들리는 여러 소리가 때마다 다릅니다.

솔숲이 바람에 흔들리는 소리는 청아하고, 계곡물이 불어나면 무너져 내리듯 노호하고, 개구리들의 떼창이 교만하게 들리거나, 어디서 얼크러지고 성난 듯한 피리 소리, 애절하게 들리는 거문고 소리, 고아하게 들리는 차 끓는 소리, 부르르~ 의아하게 들리는 문풍지 소리… 소리… 들…….

이런 소리는 들을 때 마음자리와 연관된다는 말입니다.

들리는 것, 보이는 현상 모두 외물(外物)입니다. 외물을 바라보고 판단하는 마음의 소리가 각각이라는 말입니다. 직접 보고 듣지 못하고 전해 듣는 경우는 전달자의 의중에 좌우되기도 합니다. 사람이 한세상 살아가는 게 난하를 건너는 것보다 더 힘난하고 위태로운 것이라~ 교묘한 방법으로 일신의 영달을 꾀하는 이들에 경고합니다. 거짓 과장으로 중심축을 흐리지 마라~ 죄업은 꼭 돌아오니까!

「일야구도하기」는 길 위에서 흔들리는 인간 존재의 초상을 보여줍니다. 방향을 잃고 강물 위를 오가는 모습은 단지 여행길의 고생이 아니라~ 삶에서 누구나 겪는 불확실과 두려움, 그럼에도 끝내 건너가야만 하는 숙명의 길을 은유합니다. 연암은 이 짧은 기록 속에서 인간의 연약함과 용기, 그리고 현실을 있는 그대로 바라보는 자세를 동시에 담아냅니다.

여름 하늘에 구름

- 사시

　도연명 선생의 「사시(四詩)」, 사계절을 노래한 시에서 여름을 이렇게 그렸습니다. "하운다기봉(夏雲多奇峯)"이라~ 산봉우리가 구름에 싸여 여러 모양으로 보인다거나 구름이 기이한 산봉우리를 만들어 낸다는 뜻입니다.

　오늘 시골집에서 바라본 산 그림이 그러했습니다. 산 중턱을 감돌아 휘감고 있던 구름이 느릿느릿하게 산꼭대기로 오르는 장면입니다. 동양화 중에서 거대한 산수화를 잘 각색한 동영상으로 보는 듯했습니다.

　밤사이 장맛비와 폭풍우가 몰아쳤거든요. 시골집엔 시간당 160mm 물폭탄이 쏟아졌다는 보도입니다. 바람 소리가 빗소리를 묻어버릴 정도로 폭풍이었습니다. 『폭풍의 언덕』에서 부는 바람… 비슷한 느낌입니다.

　아침에 나가 보니, 꽃이며 과실나무, 잔디밭 텃밭 작물들… 모두가 초토화되었습니다. 밖에서 사용하는 그릇 집기들이 날아가고 부서지고 난장판 그대롭니다. 꺾인 나뭇가지를 줍고 뽑고 쓸고 버리고 닦고…….

　그러다 고개 들어 바라본 산 그림이 멋지지 말입니다. 기상현상에 의해 피해가 발생하고, 자연현상 덕분에 마음이 정갈해지는 동시 동작 같은 그런 느낌입니다. 일상에 길, 흉, 화, 복, 이렇게 돌고 도는가 봅니다.

　비가 내립니다.

　오늘 새벽엔 빗소리 덕분에 일찍 깨었습니다. 정확히 말하면 베란다

벽을 타고 흐르는 물통 소리가 맞겠습니다. 시골집이라면 도랑물이 거세게 흐르는 소리라고 해도 될 것 같습니다. 비슷합니다.

　시골 출신들은 어지간한 비는 거의 맞았습니다. 우산, 우비, 장화가 없거나 부실했기 때문입니다. 이슬비 가랑비 정도야 거리낌 없이 돌아다녔습니다. 어쩌다 옷을 잘 챙겨 입을 때는, 비를 좀 피하려고 우산에 장화를 갖추고 물웅덩이도 피하면서 조신하게 행보했지요.

　비를 맞으면 그래요. 처음엔 피해보려 달려보기도 합니다. 하지만 몸이 대강 젖으면 아예 흠뻑 맞고 싶은 심사입니다. 피하는 게 아니라 더 더 더… 온몸이 얼얼하도록 장대비를 맞아야 직성이 풀리는 것 말입니다. 빗소리가 굵어지니 상념 속 옛 시절이 생각납니다.

　함석지붕 울리는 빗소리 처마 밑에 떨어지는 낙숫물 소리, 맑고 조용히 흐르던 개울물이 콸~콸~ 우렁차게 흐르는 소리, 밤새 무논에 울려 퍼지는 개구리의 합창 소리…소리…이 모두가 한여름의 소리입니다.

　여름의 색상과 여름의 풍경과 여름의 소리는 활발과 생동성입니다. 분명히 이 여름 계절 안에 머물고 있는데 여타 뉴스에 몰입되면 자칫 우울해질 것 같습니다. 밝은 독서와, 산중 샘물 같은 시어로 다독여 볼 참입니다.

온기가 살아있는 장터를 그리다

— 오일장

  시골집은 청양군과 보령시 경계에 위치해 있어 오일장을 보고 싶으면 두 군데를 다 갈 수 있습니다. 그동안 청양에 갈 때는 칠갑산을 돌아가느라 불편했는데, 터널이 생긴 후로는 대천보다 오히려 더 가까워진 느낌입니다.

  청양장은 2일과 7일, 대천장은 3일과 8일이 장날입니다만 사실 오일장에 갈 일이 그리 많지는 않습니다. 소재지에는 농협 마트가 있고 시내에는 상설시장이 있기 때문입니다. 그저 날짜와 시간이 맞으면 장터 구경을 간다는 말이 더 어울립니다.

  장을 본다고 하지요. 장이 서면 나는 늘 난장부터 둘러봅니다. 오랜만에 사람이 많고 물건이 많아 복잡 풍성합니다.

  질서 없이 어수선할 때 우리는 흔히 난장판이라 말합니다. 바로 이곳에서 비롯된 말일 것입니다. 그러나 실제의 난장은 생각보다 정겹습니다. 오밀조밀 모여 앉은 사람들의 표정 속에는 삶의 체온과 이웃의 온기가 묻어 있습니다. 시골 장터답게 대부분의 풍경은 서로 닮아 있습니다. 과일과 그릇도 닮았고, 누워 있는 생선도 닮았습니다.

사람들의 걸음도 닮았고 말소리와 웃음소리, 먹는 소리까지 닮았습니다. 닮음조차 함께 늙어가고, 늙어가며 서서히 사라져 가는 풍경입니다.

　비슷한 모습끼리 살아가기에 더욱 정겨운 곳, 그렇고 그런 무수한 사연이 오고 가는 정담의 광장, 인정과 나눔의 덤이 넘치는 곳, 시간마저 너그럽게 흐르는 장터. 어머니의 온기가 그리울 때 나는 오일장을 보러 갑니다.

파장(罷場)

　함께 더불어 살자는 마음이 모여 아름다운 협력과 동행의 현장이 됩니다. 난장에는 없는 것이 없습니다. 과일 옆에 생선이 있고, 그 옆에는 강아지가 있으며 칼장수와 튀밥장수, 나무 묘목과 닭 몇 마리가 푸덕거립니다. 옷을 파는 곳 옆에는 엿장수가 있고 옥수수빵과 찐빵을 파는 장수도 있습니다. 온갖 채소들이 실험실 재료처럼 한 움큼씩 가지런히 놓여 있습니다.

　여름 장은 파장도 길어집니다. 제법 흐뭇하게 장사를 마친 분들은 먼저 자리를 접고 떠납니다. 그러나 할머니 몇 분은 끝까지 자리를 지킵니다.

　해는 시들어 가고 아직 팔리지 못한 채소도 시들어 가고 할머니들의 어깨도 함께 시들어 갑니다. 누가 주인이고 누가 이웃인지 내공 깊은 표정만으로는 쉽게 알 수 없습니다.

같이 가자

　고단하나 열린 마음들이 있어 다행입니다. 외로운 살림에 문까지 걸어 잠그면 더욱 외로울 일인데 지금껏 사람들은 공동의 마음으로 서로의 물건을 팔아 주었습니다. 필요를 사고 필요를 파는 것입니다. 다들 장을 보고 자리를 털고 떠날 때 마무리 보따리의 크기가 비슷해지는 것도 그래서일 것입니다.

　무아(無我). 누구에 의해 쉽게 흔들리지 않는 마음입니다. 내 형편과 내 분수를 터득하고 힘껏 살아가는 심성입니다. 고단하고 아파도 내 몫이니 감당하는 것입니다. 누구에게 의탁할 마음도 없습니다. 초목처럼 살다 흙으로 돌아가는 인생길에서 나는 문득 신의 모습과 마음을 생각합니다.

　산(山), 천(川), 초(草), 목(木) 태초 생명체의 시작과 결말을 함께하는 하늘 같은 마음이 모여있는 곳, 오일장에는 하얀 수건을 쓴 우리 어머니가 계십니다. 어린 시절 풍경이 담겨 있고, 책 속에서 보았던 「역마」의 체 장수도 보입니다. 「메밀꽃 필 무렵」 허 생원도 돌아다니고, 왼손잡이 동이가 엄마를 찾는 모습도 보입니다. 자신의 일생을 유예하고 가족을 돌보던 어머니가 여전히 계신 곳, 오일장 난전입니다.

일생을 그리워하는 존재

– 인연

금아(琴兒) 피천득(皮千得, 1910~ 2007) 시인이자 수필가. 서울 출생. 상해 호강대학 영문과 졸업. 모든 작품에 관념과 사상을 배격하고, 서정을 노래합니다. 「서정시집」, 「금아시문선」, 「플루트 연주자」, 「구원의 여인상」, 「인연」이 있습니다. 「인연」은 국정 교과에 수록되어 있습니다.

「수필」도 교과에 수록되어 있습니다. 가만히 기억을 살려보면, 학창 시절의 기억이 날지도 모를 문장입니다.

"수필(隨筆)은 청자 연적이다."~ 언젠가 덕수궁 박물관에서 청자연적을 봤답니다. 연꽃 모양으로 일렬 정연한데, 꽃잎 하나가 살짝 꼬부라졌더래요. 보일 듯 말 듯한 파격에 여유와 아름다움을 느꼈다며 수필의 멋을 여유라고 말합니다.

또한 수필은 난(蘭)이요, 학(鶴)이요, 청초하고 몸맵시 날렵한 여인에 비유합니다. 적어도 인생길 서른여섯 정도는 넘는 여인의 글이며, 고요하고 반듯한 숲길을 걸어가는 모습, 깨끗하고 사람이 적게 다니는 길과 같은 분위기입니다. 황홀하거나 찬란할 것 없이 온아우미(溫雅優美)하며 한가하되 나태하지 않은, 일상의 경험입니다. 자연을 감상하고 사회현상에 대한 새로운 발견도 좋습니다. 마음길대로 자연스러운 독백의 행로가 수필이랍니다.

선생께서는, 수필을 주로 내면세계를 드러내는 양식으로 보는 것 같습니다. 수필을 쓰는 입장도 살피지만, 읽는 이의 미소를 염두에 두며, 독자의 몰입과 이해에 대해서도 언급하고 있습니다. 그렇습니다. 읽는 입장을 생각하지 않을 수 없습니다. 독자 없는 글은 의미가 없으니까요. 다양한 장르에서 활동하는 문학과 예술인이 늘어나는 시대, 오늘은 수필 부문을 조명해 보았습니다.

열일곱 봄, 일본 갔을 때 이야기입니다. 주변 소개로 잠시 M 교육가 집에 머물렀습니다. 그 댁은 아사코(朝子)라는 예쁜 딸과 부모님, 이렇게 세 식구가 살고 있었습니다. 아사코는 당시 댓 살쯤 되었는데 귀염성에 붙임성이 아주 좋았습니다. 동화책을 읽다가 이쁜 집을 보면, 이런 집에서 나중에 함께 살자던 막내 누이 같은 아이입니다.

십 년 후, 일본에 갈 일이 있어 그 댁을 찾아갔습니다.
여전히 다정한 가족이 반겨줍니다. 아사코도 그새 풋풋한 소녀로 훌쩍 자랐습니다. 머무는 동안 아사코가 다니는 성심여학원 교정을 늦도록 거닐기도 했습니다. 달빛 아래서 철학과 문학, 버지니아 울프 이야기를 길게 나누던 추억이 신선하고 아름답게 입력되었습니다.

다시 십 년 후, 2차대전이 끝나고 일본에 갑니다. 정세가 어수선하여 그 댁이 계실까… 무고할까 염려되었는데 계십니다. 얼마나 반가운지 모릅니다. 그사이 아사코는 결혼해서 분가했답니다. 찾아갑니다. 남편은 다소 우쭐한 중국계 일본인 2세 장교입니다. 스위트피처럼 귀엽던 아사코가 시들어 가는 백합처럼 보입니다. 아사코와 나는 서로 절만 몇 번씩 하고 악수도 없이 돌아섭니다.

　인연이란 게 그런 것 같습니다. 그리워하는데도 한 번 만나고는 못 만나게 되기도 하고, 일생을 못 잊으면서도 아니 만나기도 하면서 삽니다.
　아사코와 세 번을 만났습니다. 세 번째는 아니 만났어야 좋았을 것입니다. 소양강 가을이 곱다 하니 이번 주말엔 춘천을 다녀와야겠습니다.

　맑은 물결처럼 잔잔한 회상입니다. 춘천에는 선생께서 출강하던 성심여자대학이 있었습니다. 춘천의 가을이 이쁠 것 같다는 마무리 글에서 아사코가 연상됩니다. '어리석은 사람은 인연을 만나도 몰라보고, 보통 사람은 인연인 줄 알면서도 놓치고, 현명한 사람은 옷깃만 스쳐도 인연을 살려낸다'는 인연의 여운을 따라가는 지금입니다.

마음을 따스하게 덮는 눈

– 백설부

　김진섭(金晉燮. 1906~?) 전남 목포 출생. 일본 법정대학 졸업 후 서울대 교수역임. 6·25 동란 시 납북. 광복 전후로 유일한 에세이 작가로 평가받음. 보편적 사색을 바탕으로 개성적인 문체로 전개하는 특징이 있음. 저서로 『인생예찬』, 『생활인의 철학』, 『교양의 문학』 등이 있습니다.

　「백설부(白雪賦)」의 부(賦)는 감상을 적는다는 한문 문체의 일종입니다. 눈 오는 날의 감상과 눈에 대한 사색을 서술한 산문입니다. 우리 문학사에서 수필 부문에 백미로 칭하며 교과에 수록되어 있습니다. 내용을 보겠습니다.

　비를 싫어하는 사람은 많을지 몰라도 함박눈이 펑~펑 내리는 장면을 싫어하는 이는 거의 없을 것입니다. 겨울 아침 온 세상이 하얗게 변했을 때 고요한 환호성을 소리 높여 지르는 느낌을… 아는 이는 알 것입니다.

　누가 뭐라 해도 겨울의 서정은 백설(白雪)입니다. 순백의 세상에는 은연중 온화해져 아무와도 다정한 대화를 하고 싶어집니다. 산천과 도심 구분 없이 현란한 백의를 갈아입히는 설국(雪國)은 하늘이 주신 순결한 선물이라 하겠습니다.

　그러나 백설의 난무가 오래도록 남아주지 않습니다. 지상의 모든 아름다움이 얼마나 단명하는지, 얼마나 쉽게 사라지는지, 보여줍니다. 실로 쏜살같이 달아나는 설백 풍경입니다. 강설이 정지되면 지상에 쌓인 눈은 놀랄만한 통일체를 드러냅니다. 온갖 위험과 불편을 초래하기에, 다들 긴장하며 백설의 계시에 귀를 기울여야 합니다. 백설이 은총이려면 산중 깊이 천인 만장 계곡이어야 제격입니다.

앙상한 나뭇가지에 풍만한 백화를 피워 세상 풍경이 새롭고 정결하며 젊고 정숙한 안식을 부르는 백설의 세상~그러나 불행히 눈에 대한 현실 체험은 밤거리 술집이나 몇 집 거쳐 가며 배회하는 정도니 싱겁기 짝이 없습니다.

작가는 설경의 미덕을 만끽하지 못하는 아쉬움으로 마무리합니다. 백설부를 보면서, 옛 선인의 정서나, 근현대사 굴곡을 살아가는 사람이나, 풍요로운 물질 속에 오늘을 살아가는 우리들이나 같은 서정을 느낍니다.

내 마음 역시, 이 세월에도~ 창밖에 함박눈이 내리면 밖으로 나가고 싶어집니다. 깨끗한 눈길에 첫걸음을 옮기는 심경이 설렘입니다. 서설이 춤을 추는 밤에~ 밤새도록 걸음 하던 젊은 추억이~ 그립습니다.

아무도 모르는 나만의 기쁨

– 은전 한 닢

피천득은 모든 작품에서 관념 사상을 배제하고 일상의 서정을 노래하였습니다. 글마다 섬세하고 다감합니다. 대표적 수필 「인연」이 있고, 오늘의 글 「은전 한 닢」을 살펴보겠습니다.

선생이 상해에서 본 일이랍니다. 늙은 거지가 환전소에서 1원짜리 은전을 보여주며 진짜인지 확인해달라고 합니다. 그런 은전을 지닐만한 모양새가 아니라, 사람들이 취득 과정을 캐묻습니다. 훔쳤나? 주웠나? 얻었나? 의심합니다.

거지가 말합니다. 각전(角錢) 한 푼 한 푼 모아 마흔여덟 개가 되어, 이 은전과 바꾸는 데 여섯 달이 걸렸다고 합니다. 그래 이 은전 한 닢으로 무얼 할 생각이냐 물으니, 그가 하는 말입니다. "그냥 이 돈 한 개가 갖고 싶었습니다."

그냥 갖고 싶었다~! 어디에 꼭 쓰겠다는 목적 없이 그냥 간직하고 싶다는 은전 한 닢의 의미를 생각합니다. 내겐 너무나 소중한 것을 꼽으

라면 무엇일까! 진정 소중한데 막상 남에게 보이기 부끄러워하는 무엇이 무엇일까!

　내용에 대단한 사건이나 극적인 서사가 없는데도 여운이 긴 까닭은 '은전 한 닢'의 가치에 무게를 두지 않기 때문입니다. 돈의 가치가 아니라 선의의 상징입니다. 우리의 본질에 간직하고자 하는 소중한 무엇입니다. 이루고 싶은 간절한 무엇입니다. 소망을 위해 노력한 목표 달성이 물질의 크기가 아니라는 점을 말해주고 있습니다. 남모르게 품고 싶은 은전 한 닢의 의미를 생각해 봅니다. 아무도 모를 내 안에 기쁨이란 게 무엇일까! 독자에게 가만히 생각해 보라고 하십니다. 선생의 글은 언제나 그렇듯, 마음을 깊게 두드립니다.

마지막에 후회하지 않는 삶

– 당신이 꽃같이 돌아오면 좋겠다

한 번 읽었던 책인데도, 이번에는 전혀 다른 책처럼 다가옵니다. 더 이상 남의 이야기가 아니라, 내 주변의 이야기로, 더 나아가 내 삶의 그림자로 다가옵니다. 요양원의 풍경을 담담하게 그려낸 이 책은, 마치 예방주사를 맞듯 마음을 단단히 하게 만드는 동시에, 피할 수 없는 현실을 비춰주는 거울 같습니다.

처음 읽었을 때는 멀리 떨어진 풍경을 바라보듯, '이런 인생도 있겠구나' 하고 지나쳤습니다. 최근 가까운 가족이 병상에 누워 고통을 겪는 모습을 마주하고, 또 내 몸마저 아픔을 겪고 나니, 책 속 장면 하나하나가 가슴 깊이 파고듭니다. 남의 이야기가 아니라 내 삶의 예고편처럼 느껴집니다.

책 속 어르신들의 말이 오래 남습니다. "이렇게 세월이 훅 갈 줄 몰랐어… 마지막이 이럴 줄 알았더라면 그렇게 일만 하지 않았을 거야…"
한 생을 통과한 사람만이 할 수 있는 고백처럼 들립니다. 맛있는 것 한 번 더 먹고, 한 번 더 웃고, 주변을 조금 더 돌아보며 살았더라면 하는 절절한 아쉬움이 가슴을 울립니다.
더 가슴 아픈 것은, 그런 말조차 또렷이 이어지지 못하는 현실입니다.

기억이 흐려지고, 대화가 끊어지는 그 모습은 인간의 존엄이 얼마나 쉽게 무너질 수 있는지를 보여줍니다. 한때는 부를 누렸던 사람도, 평생을 성실히 살아온 농부도, 존경받던 교사와 의사, 나라를 지키던 군인도 결국 같은 자리로 향한다는 사실 앞에서, 우리는 어떤 삶을 살아야 하는지 묻게 됩니다.

이 책은 요양원의 풍경을 보여주는 데 그치지 않습니다. 오히려 독자 주변을 돌아보게 만듭니다. 현실에서 벗어나고 싶었던 순간들, 모든 것을 내려놓고 싶었던 순간들이 떠오릅니다. 그럼에도 불구하고 우리는 억척같이 살아왔습니다. 그런데 마지막이 인간다운 모습이 아니라면, 그 삶은 과연 무엇을 향해 달려온 것일까요.

책을 덮고 나니, 두려움과 다짐이 남습니다. '최고의 자존은 건강이다.'

건강이 이토록 무겁게 다가온 적이 없었습니다. 건강을 지키는 일은 인간답게 살기 위한 최소한의 조건임을 깨닫습니다. 나아가 '어떻게 살 것인가'에 대한 질문입니다. 너무 일에만 매달리지 말 것, 소소한 기쁨을 미루지 말 것, 주변 사람들과 조금 더 따뜻하게 살아갈 것. 마지막 순간의 나를 지키는 길일지도 모릅니다.

'당신이 꽃같이 돌아오면 좋겠다'는 제목처럼, 우리는 마지막까지 꽃처럼 살 준비가 되어 있는가. 삶의 방향을 잃지 않기 위해, 그리고 인간다운 마지막을 위해, 우리는 지금을 더 소중히 살아야 하겠습니다.

사소한 행복을 느끼고 싶다

– 낙엽을 태우면서

가을이 깊어지면 거의 매일같이 낙엽을 긁어모으지 않으면 안 된다. 날마다 하는 일이건만 어느덧 날고 떨어져서 또다시 쌓이는 것이다. 낙엽이란 참으로 이 세상의 사람 수효보다 많은가 보다. 30여 평도 아니 되는 뜰이건만 날마다 시중이 조련치 않다.

가람 이효석 선생의 수필 「낙엽을 태우면서」 첫 부분입니다. 그렇습니다. 낙엽을 쓸고 나면 금방 또 떨어지는 장면입니다. 집 안팎 초록 물결로 뒤덮어 줄 때 나무들의 신선함, 곱게 단풍 들 때까지 아름답게 여겨지던 나뭇잎이, 낙엽으로 흩날릴 때는 참말 귀찮음입니다.

작가는, 한 잎 한 잎씩 떨어지는 담쟁이넝쿨이 제일 귀찮더라~ 그래도 산더미처럼 긁어모은 나뭇잎을 태울 때, 푸슥푸슥 타닥타닥 피어오르는 연기와 갓 볶아내는 커피 같은 냄새, 개암 냄새 같아서 좋고, 어둠을 배경으로 새빨갛게 타오르는 불꽃이 신령스러운 감동을 준다고 말합니다.

마당 일을 끝내고 집안에 들어오면, 난로는 새빨갛게~ 화로에 숯불은 이글이글~ 주전자의 물은 펄펄 끓어야 제맛이고, 이때 커피 한 잔을 마시는 순간이 가장 생활적이라는 가을 서정입니다. 거창한 시상이나 관념이 아닌, 일상의 수필이 마음에 들어오는 까닭은, 나의 세월이 그럴만한 때가 되었기 때문인가 봅니다.

정비석 선생의 「산정무한」과, 이효석 선생의 「낙엽을 태우면서」는, 우리 문학사에서 손꼽히는 수필로 이름합니다. 자칫 추억과 감상에 빠져들기 쉬운 가을날, 생활의 작은 부분에서 행복을 느끼려는 작가의 안목이 돋보입니다. 범사에 감사라고요~ 주말엔 시골 마당에서 낙엽을 태워 볼까 합니다.

낙엽을 태우는 과정에서 보이는 불꽃과 연기의 피어오름, 지글지글 타닥타닥거리는 소리, 커피 같은 냄새 개암 냄새를 맡고 싶습니다. 식목(植木) 못지않게 시비(施肥)의 중요함입니다. 제 잎을 떨구어서 자기의 자양분으로 삼는 나무들의 일대기 누구의 바람이나, 누구의 덕분에 좌우되지 않는 의연한 나무의 한살이를 생각합니다.

깊어 가는 가을이 아쉽다

– 산정무한

정비석(1911~1991) 선생의 내금강 기행문으로, 1941년 신문에 연재된 내용 가운데 일부를 골라서 「산정무한(山情無限)」으로 엮었습니다. 고등 국어교재에 수록되었는데 정철 선생의 「관동별곡」에 버금가는 명수필입니다.

여정에 필요한 옷차림부터, 집과 일터를 떠나는 홀가분한 마음가짐이 아주 진솔합니다. 산에 오르며 모양과 크기가 얼마나 다른지, 나무, 바위, 계곡 물소리, 이 모두를 대면할 때마다 작가의 감동 감탄이 가득하게 울려 퍼집니다.

긴 내용인데요, 가을산 단풍 부분만 발췌해 봅니다. 만학천봉 단풍이 한바탕 흐드러지게 웃는데, 가만 보니 홍색(紅色)만이 아니고, 청(靑), 녹(綠), 황(黃), 귤(橙), 무지개 스펙트럼처럼 찬란하며 다양하고 다기하고 기묘하다 말합니다.

물든 산이, 단풍의 바다요, 요원 같은 화원이요, 이 봉우리 저 봉우리 불이 붙은 듯 붉게 타는 단풍숲을 거닐다 보면 우리도 단풍 같지 않은가~ 단풍으로 물든 옷을 훨훨 벗어 쥐어짜면 진홍물이 주르르 흘러

내릴 것 같다는데~~~

　만산홍엽 속에 들어있는 느낌입니다. 어쩌다 여행길에 아름다운 풍경을 만나면, 뭐라 말을 해야 할지 몰라서, 와~ 와~ 감탄뿐! 할 말을 잊을 때가 있는데요~ 산정무한은 산행 장면마다 작가의 무한한 표현력에 감탄합니다.

　예전에 지리산 천황봉에서 단풍 가득한 산하에 취해서 멍~ 하니 서 있던 기억을 떠올립니다. 인문환경이 도저히 따라갈 수 없는 자연의 아름다움입니다. 그 후 한 번 더 갔을 때는 안개와 구름 가득한 운해만 보고 왔습니다.

　같은 자리 다른 장면입니다. 그러니 언제 누구와 함께라는 말이 사뭇 소중합니다. 같은 풍경이라도 함께하는 동행에 따라 다른 감상이라는 말이지요. 깊어 가는 가을이 못내 아쉬운지 마음길이 추억 속 단풍길을 거닐고 있습니다.

여름날 산행길에서

– 금강산유기

　조선의 3대 천재, 벽초 홍명희, 춘원 이광수, 육당 최남선은 인물 좋은 지식인으로, 인기가 하늘 높은 줄 모르고 높았다고 합니다. 그중 한 사람 춘원(1892~1950)의 금강산 여행기가 하도 독특하여 일부분 소개합니다.

　여러 곳 다니다가 유점사 비로봉길에서 몸이 지쳤습니다. 걷기가 너무 힘들어 장안사~세동(細洞)까지 자동차로 가는데, 웬걸, 길이 엉망이라 차가 껑충껑충 뛰어대니, 오장이 덜렁거리며 정신없고 불쾌하기 짝이 없습니다. 다 왔다고 내려주는데, 개천가 밭둑에다 내던집니다.

　온정령 고갯길, 짐은 무겁고 길도 멀고 걱정입니다. 게으른 노름꾼 같은 인물이 열댓 살 어린애를 짐꾼이라고 데려옵니다. 이 어린 게 어찌 짐을 메고 저 고개를 넘는단 말인가~ 걱정스럽게 따라가는데⋯ 날씨도 이상하지, 출발 때는 춥다 싶었는데 걷다 보니 더워 죽겠습니다.

　천행만고 오르는 길 바람 한 점이 없어요, 벌집이 있는가 전후좌우에서 벌은 윙윙거리고, 땀이 비 오듯 쏟아지는데 매미까지 죽어라 울어대니 진땀이 더 납니다. 찬물 한 모금 간절하여 시냇물을 마셔 보나 뜨듯 미적지근~ 갈 길이 얼마나 남았냐고 물어보면 요기만 가면 된다고 합니다.

요기요~ 소리 수십 번 들었는데 산길은 까마득합니다, 내리막길에 왔으니 조금 낫겠다는 기대도 허사입니다. 주먹만 한 자갈에 머리통만 한 돌덩이길, 발을 디딜 때마다 발바닥이 쑤시고 뼈마디가 전기를 맞은 듯 찌릿찌릿 정신이 아득합니다. 쉬고 싶어 짐꾼을 부르니 보이지 않습니다.

울고 싶고 죽고 싶고… 네 이놈을 따라잡기만 하면 향나무 몽둥이로 한바탕 두들겨 주리라~ 이를 갈다가 삼 리쯤에 따라잡습니다. 잡고 보니 그놈도 발 한걸음 옮길 힘 없이 쓰러지고 마니, 오히려 측은하여 짐을 붙들고 삯을 주어 돌려보냅니다. 이때 지은 시 한 수 해석하면 이러합니다.

인생행로가 진실로 어려워라.
오르기도 어렵거든 내리기조차 어려운지고
......
요기요 요기요 하여, 다리 끌고 가면
요기가 어데 있으랴, 고개요 또 고개로다.
......
있기는 있더라 가다 보면 이르더라
머냐 가깝냐는 말을 사람들에게 묻지 마소~

부여의 절경 속 안타까운 역사

– 낙화암을 찾는 길에

가람 이병기 선생(1891~1968)은 주로 선인들의 정신이 담겨 있는 서적을 탐구합니다. 조상들의 기개와 혼을 찾는 국토탐방을 통해 민족주의를 실현하고 지키고자 노력했습니다. 낙화암 기행도 백제의 외침(外侵)에 대한 대항 정신 그 일환으로 봅니다.

부여 낙화암 바위에 서서 눈을 감고 당시의 광경을 그려보는 부분에서 물아일체 혼연일체를 느끼는 여행기입니다.

당시 궁녀들의 죽음을 현실화시켜 봄으로써 그 죽음에 내포된 정신세계를 체득해 보자는 요지입니다.

높이 솟아오른 부소산과 송월대의 아름다움을 간직한 부여, 백마장강(白馬長江)이 유유히 흐르는 천혜의 아름다움입니다. 산과 강물 들녘이 아울러 아름다운 부여, 송월대 서쪽으로 내려오다 보면 수십 길 절벽 이름이 낙화암입니다.

그 옛날 나당연합군이 백제 궁성을 함락할 때. 비빈(妃嬪) 궁녀들이 버선발로 뛰어나와 몸을 던져 죽었다는 바위에 홀로 서 있습니다. 그날을 다시 그려보자니 꽃 같은 미인들이 치맛자락 펄럭이며 수없이 떨어지는 모습이라~

의자왕이 이 광경을 보았더라면 어찌하였을까! 차라리 비빈 궁녀들과 함께 몸을 던졌더라면 수치스러움이 덜 했을까~! 과연 그랬더라면 김유신과 소정방 앞에서 무릎 꿇고 술잔을 올리는 국치(國恥)의 욕(辱)을 면했을 것을~~

지금 백마강 한편에는 빈 배가 매여 있고, 이따금 뛰노는 물고기 소리만 한가롭습니다. 산 한쪽을 헐어 내고 지은 고란사에 고란(皐蘭)이 파랗게 자랍니다. 거기 맑은 샘이 흐르는데, 이 샘물이나 마시며 한여름을 지냈으면 좋겠습니다.

부여가 자랑하는 신(新) 팔경 구(舊) 팔경 낱낱이 찾아보고, 녹음 속 새소리 풀벌레 소리를 들으며, 앞 강을 스쳐 오는 바람도 맞고, 달밤에는 배를 잡아타고 백마강을 오르락내리락 하고 싶은 아~아~ 이곳은 참 좋은 곳입니다.

돌의 나라 신라를 느끼는 경주 여행

- 경주 기행의 일절

고유섭(1905~1944) 인천 출생. 경성제대 법문학부 졸업. 이화 여전, 연희전문 교수, 한국 고미술사와 민족문화에 몰두하며 특히 한국의 돌과 탑과 연구에 독보적인 경지를 개척했다는 평가를 받고 있습니다.

경주 여행기는 평범한 유람이기보다, 경주에 산재한 문화유산을 애국적 시각으로 소개하고 있습니다. 마침 경주에서 APEC 회담도 있고, 신라 문화재와 신라 역사에 대해 다시금 조명하는 시간입니다.

청산(靑山)에 홀로 떠 있고 싶다는 서문부터 멋집니다.

고요한 마음과 매인 데 없는 몸으로 청산엘 홀로 거닐어 보자~ 창해(蒼海) 푸른 바다에 홀로 떠 보자~가다가 며칠이라도 머물러 보고, 싫증이 나거든 돌아서도 보고, 번화함이 싫거든 어촌 산사에서 적료(寂廖)라~ 고요한 꿈도 맺고, 쓸쓸함이 싫어지면 분단장 여인의 넋두리도 들어 보자.

길가에 앉아 크게 웃어도 보고, 싱겁거든 달려도 보고, 맑은 시냇물을 옷 입은 채 건너도 보고, 근사한 소나무가 있거든 어루만지며 읊어도 보자. 가면은 버리고 내 멋대로 천진히 뛰어 보자. 내 멋대로 순진히 노래해 보자.

선생은 경주를 고분의 역사 돌의 문화라고 소개합니다. 여러 곳에 고분이 있으나, 서악(西岳)에 법흥. 진흥, 진지왕, 김인문, 김양, 김유신 등 공훈관 묘가 몰려 있으니, 서악을 아니 가고 고분 이야기를 꺼내지 말라는 주장입니다. 고분뿐 아니라 논, 밭, 들판, 여기저기 돌의 나라 경주를 말합니다.

인류의 역사는 돌에서 시작하는데 역대 강국의 성벽부터 돌탑 돌담에 이르기까지 돌의 문화는 쌓기 문화로 봅니다. 삼국 통일 후 축석(築石)에서, 돌에 새기는 문명으로 진일보하기 시작한 신라는, 극한의 문화발달을 보이는 것입니다. 8세기 세공 기술로 믿을 수 없을 정도로, 찬란한 유물이 세상을 놀라게 하고 있는 점이 바로 그것입니다.

경주에 가거든 문무왕의 위대한 사적을 찾아 보고, 대왕암의 우국성려(憂國聖慮) 심정을 느껴보라~ 건천성, 남산신성 북형산성, 모든 국방적 경영을 다하고, 호국찰이며 안압지 정경적 치적까지 완수하고, 사후 해룡(海龍)이 되신 문무대왕! 이토록 지도자의 각별한 애국을 부각하는 이 글은, 1940년 작품이라고 합니다. 시대를 염두에 둔 선생의 깊은 의도를 다시 생각하는 시간입니다.

평양의 심정을 엿보다

– 대동강

김동인(1900~1951) 소설가. 호는 금동(琴童). 평양 출생. 일본 명치학원 졸업. 6 · 25전쟁 중 사망. 작품으로 단편 「감자」, 「배따라기」, 「발가락이 닮았다」, 장편 「대수양」, 「운현궁의 봄」이 있습니다.

대동강을 떠올리면, 봉이 김선달과 모란봉, 부벽루를 거니는 이수일과 심순애가 그려집니다. 수필은 대동강에 여가를 즐기는 사람들의 모습이 묘사되고 있으나, 분단 이후 대동강은 일종의 사상적 거점이 되고 있는 셈입니다.

고구려 고려의 역사가 숨 쉬고 있는 곳, 북한정치 중심지 평양의 젖줄 대동강입니다. 서로 오고 가지 못하는 한 많은 대동강, 현재 상황은 어떤지 그곳의 풍경이 궁금합니다. 작가의 고향, 당시 대동강의 자랑스러운 장면을 보겠습니다.

평양에 가거들랑 모란봉(牧丹峰)에 올라 보라. 걸음을 옮기다 보면 구시가지 중앙에 고색(古色)창연한 대동문(大同門)이 보이고, 한가로이 세월을 낚는 사람들이 보이리라. 강가에 연광정(鍊光亭)이 솟아있으니 시인가객의 휴식처라~~ 장청류(長淸流) 대동강물을 내려다보면 수상선(水上船)이 유유하다.

　말을 건네기조차 고요한 분위기를 타고 청류벽(淸流碧)을 끼고 부벽루까지 올라가서, 다시 모란봉으로~ 을밀대로~ 기자묘와~ 송림(松林) 현무문으로~ 선인의 지난날을 새겨 보자. 회고의 염(念)과 한숨짓던 왕손의 시(詩)를 통절히 느끼며 내려온다고 하자. 처음 그 자리 연광정에 다시 오면 그 자리 그 사람들이 그대로 머물러 있으리!

　대동강엔 평양 사람의 심정이 있다. 여기서 평양 사람의 공상이 비약하고, 평양 사람이 환몽하고, 평양 사람의 노래가 읊어지는 것이라. 그러하다면 누구라도 장청류 대동강을 내려다보며, 잠시 집안도 잊고, 처자도 잊고, 주림도 잊고 허다한 무리도 관대하는 마음이며, 여유에 대한 존경의 염까지 생기겠지.

　일상을 뒤로 풀리고 아름다운 풍경에 들어가 인생길을 멀리 놓고 바라보는 마음길~ 너그러움이 사랑으로 이어집니다. 사랑을 못다 준 사람. 사랑을 못 받아본 사람 누가 더 불행할지 재어 봅니다. 또 사랑을 주는 사람과 사랑을 받는 사람 중에 누가 더 행복할지 재어 봅니다. 그의 말이 진정 그의 말일까 생각합니다. 내 생각이 진정 내 생각일까 생각합니다. 풍경이 철학을 부릅니다.

행상의 추억

- 두부 장수

최현배(崔鉉培, 1894~1970)는 경남 울산 출생, 일본 교토대학 철학과를 졸업하고 연세대학교 교수와 한글학회 이사장을 역임한 학자입니다. 우리말 연구와 한글 전용 운동에 평생을 바쳤으며, 특히 2세 교육과 언어의 바른 사용에 깊은 관심을 기울였습니다. 주요 수필로는 「필대 감각」, 「근대화와 한글」 등이 있습니다.

수필 「두부 장수」는 일상에서 흔히 볼 수 있는 행상인의 모습을 차분한 시선으로 그려낸 작품입니다. 읽다 보면 장사하는 분들과 주민들이 주고받는 소박한 인정 속에서 그 시대의 삶과 정서를 자연스럽게 떠올리게 합니다.

울산이 고향인 작가는 학업을 위해 서울로 올라와 살게 됩니다. 영남 출신 벗들이 있어 낯선 서울살이도 그리 외롭지 않았지만, 하룻밤을 보내고 이른 아침 골목에서 들려오는 행상들의 외침은 신선한 놀라움으로 다가옵니다.

"생선 사려! 무 사려! 새우젓 사려! 두부 사려!"

골목마다 울려 퍼지는 외침 속에서 특히 두부 장수는 가장 흔한 행상입니다. 보통은 종을 딸랑거리며 "비지 사오, 두부 사시오" 하고 외치는데, 그중 유독 인상적인 한 두부 장수가 있었습니다.

　그는 "두부 사주오! 사이주오~ 사주오~" 하고 독특하게 외쳤습니다. 그 소리에 이끌려 선생네 가족은 자연스레 그 장수에게서 두부를 사 먹게 되었고, 월말에 값을 치를 때마다 그는 늘 한 모를 더 얹어 주었습니다. 그렇게 정이 쌓여 가던 어느 날, 섣달그믐이 지나도록 '사주오' 두부 장수는 더 이상 나타나지 않았습니다.

　두붓값도 치러야 했고 무엇보다 안부가 궁금해서 걱정하던 차에, 그의 형편이 나아져 더는 행상을 하지 않게 되었다는 소식을 전해 듣습니다. 다행입니다. 그럴 줄 알았습니다.

　연상되는 그림은 골목을 누비던 행상입니다. 두부 장수입니다. 가난하지만 비굴하지 않고, 소박하지만 가볍지 않습니다. 두부를 파는 일을 자신의 삶을 지탱하는 당당한 노동임을 보여 줍니다. 이 글의 독자에게 노동의 존엄과 인간의 품위가 어디에 있는지 자연스럽게 일깨웁니다.

　「두부 장수」에는 삶과 언어가 연결된다는 선생의 생각이 배어 있습니다. 말은 삶에서 나오고, 삶은 말로 증명된다는 믿음입니다. 성실한 이들은 삶 자체가 바른 말, '바른 문장'처럼 느끼게 합니다. 그럴듯한 말에 비해서, 일상생활이 따르지 못하는 우리에게, 반성의 여운이 길 듯합니다.

쓸쓸한 사람만이 볼 수 있는 달

- 그믐달

나도향(羅稻香, 1902~1927) 본명은 나경손. 서울 生. 작품으로 「백조」, 「여이발사」, 「벙어리 삼룡이」가 있습니다. 작가는 그믐달에서 한(恨)을 느낀다고 말합니다. 한을 우리 민족의 전통 정서로 서술하는 수필 「그믐달」입니다.

초저녁 서산에 잠깐 나타났다가 숨어 버리는 초승달은 철모르는 처녀와 같은 달입니다. 보름의 둥근 달은 모든 부귀영화와 끝없는 숭배를 받는 여왕과 같은 달입니다. 대부분 감동하거나, 소원을 비는 달이기 때문입니다.

이렇게 초승달이나 보름달은 보는 이가 많아서 외롭지 않습니다. 하지만, 새벽에 떠서 잠깐 보이다가 해가 뜨면 사라지는 달, 그믐달은 쫓겨난 공주와 같은 달입니다. 요염하기도 하고, 말을 붙일 수 없이 가련한 달입니다.

세상의 갖은 풍상을 다 겪고, 나중에 원부(怨婦)와 같이 애절하고 애절합니다. 세상 만물이 고요한 꿈나라에서 평화롭게 잠들었을 때, 새벽에 홀로 머리를 풀고 우는, 가녀린 청상(靑孀)을 떠올리게 하는 그믐달입니다.

초승달은 황금빛이 보이고, 보름달은 언제든지 웃고 있는 하얀 얼굴빛인데, 그믐달은 날카로운 비수처럼 푸른빛이 보입니다. 이러한 그믐달을 보는 이는 어떤 사람일까요~ 밤에 일하는 이나, 쓰린 가슴으로 잠 못 이루는 이라지요.

어떻든지 그믐달은 가장 한 있는 사람과, 아픔이 있는 이, 무정한 이, 힘든 사람들이 동시에 보는 서러운 달입니다. 만일, 여자로 태어난다면 그믐달이 되고 싶다는 작가의 독특한 시각입니다. 보통은 보름달을 좋아하는데 말입니다.

새해를 맞이하여

– 춘첩자

문정공 소세양(1486~1562) 형조판서 호조판서 병조판서, 대제학역임 시문이 높고 율시에 뛰어나며 송설체(松雪體) 대가로 익산 화암서원에 제향. 저서『양곡집(陽谷集)』.

제야에 맘가짐은 새해에 좋은 사람이 되는 것이라~

좋은 사람이 되기 위해 문인들은 춘첩자(春帖子)를 서로 권하며 걸어 두었습니다. 16세기 문인 소세양 선생의 새해맞이 소망을 보겠습니다.

> 사람들은 새해에 재물이 많아지는 것을 원하지만
> 내 소원은 몸에 질병의 재앙이 없었으면 하는 것이라
> 말을 타고 문을 나서서 마음대로 노니면서
> 산 귀퉁이 물가에서 마음껏 술잔을 들었으면!

초승달이 보름달이 되고, 보름달이 그믐달이 되듯이 새해 소망도 자라다 커지다 다시 줄어드는 느낌입니다. 소세양 선생, 현역 시절엔 새해 소망에 국태민안이 주를 이루었습니다. 나중에는 주변인들 안녕을 빌었습니다. 말년엔 내 몸 하나 건사 잘하면 다행이라고 하십니다.

소세양 선생, 한 시절 황진이와 각별한 인연이 있었다는 일화에 관심

이 갑니다. 지조 높은 선비가 기생 따위에 눈을 돌리는 건 사대부가 아니라며 호언하던 분인데, 막상 황진이와 대면하고 보니 이야기가 달라집니다.

첫눈에 서로를 알아본 두 사람은, 한 달간 계약 동거에 들어갔다고 합니다. 처음엔 미모에 취하고 술과 가무에 취하고 그다음엔 시에 취했을 법합니다. 날이 가면서 운우지정으로 이어졌겠지요. 한 달이 어떻게 흘러갔는지, 당사자 소세양과 황진이에겐 너무도 짧은 시간입니다.

풍류가 아니라 정신의 반쪽입니다. 서로 마주하며 지상의 시와 노래를 부르던 나날, 헤어지자 약속한 날이 다가옵니다. 내일입니다. 소세양이 떠나고 싶어 하지 않다는 것을 황진이는 압니다. 가지 마라 하면 안 갈 분인데 굳이 보내고 나서, 그립다는 시조가 나옵니다.

어져 내일이야 그릴 줄을 모르더냐
이시랴 더면 가랴마는 제 구태여
보내고 그리는 정은 나도 몰라 하노라. *(황진이)*

태평성대 사대부 집안에서 태어나 시문서화 높게 익히고 부귀공명도 이루었습니다. 송도삼절 여인과 깊은 정분도 나누었습니다. 무오영상(戊午迎祥)이라 하니 60세쯤 되리라 짐작합니다. 이후 수명도 부럽지 않습니다. 질병 없이 산수(山水) 유람을 자유롭게 하고 싶다는 새해 소망시입니다.

제3부

소설 속 사람들

소설은 사람을 이해하는 또 하나의 길입니다. 우리 이웃 이야기 같지만 현실에서는 쉽게 만날 수 없는 인물들이 책 속에서 살아 숨 쉬며 삶의 의미를 묻습니다. 밤늦도록 책장을 넘기며 주인공의 기쁨에 함께 웃고 슬픔에 함께 눈물을 흘리던 기억이 있습니다. 소설은 허구이지만 그 속에 담긴 인간의 마음은 결코 거짓이 아니라는 사실입니다.

여기에는 한국 문학의 대표적인 장·단편 소설을 읽고 느낀 생각과 감상을 담았습니다. 작중 인물이 시대와 환경은 달라도 오늘을 살아가는 우리와 크게 다르지 않습니다. 소설을 읽는다는 것은 사람을 이해하는 연습이며 결국 자신을 이해하는 길로 이어집니다.

시대의 기억을 증언하는 문학

– 박완서 소설

사람의 기억에는 유난히 과장된 기억이 있는가 하면, 지나치게 축소된 기억도 존재합니다. 어떤 기억은 지나치게 선명하여 현재를 압도하고, 어떤 기억은 안개 속 풍경처럼 희미하여 붙잡으려 할수록 멀어집니다. 특히 1950년대를 통과해 온 세대에게 기억은 더욱 극단적이었습니다. 온전한 희생으로 각인되거나, 혹은 이기적 생존의 기록으로 남은 채 이분법적으로 굳어버린 기억이 적지 않았습니다.

이러한 시대의 기억을 가장 치열하게 문학으로 증언한 작가가 바로 박완서 선생님이십니다. 선생님께서는 시대에 대한 부채감으로 글을 쓰기 시작하셨다고 회고하셨습니다. 전쟁 이후의 삶은 치열했고, 남루했으며, 때로는 비루하기까지 했습니다. 모든 것이 무너진 자리에는 생존을 위한 아귀다툼이었습니다. 선생의 문학은 그 참혹한 현실을 외면하지 않으면서, 그것을 넘어설 수 있는 정신적 숨구멍이 되어 주었습니다. 척박한 가슴에 스미는 한 줄기 바람이었고, 진흙 속에서 피어나는 연꽃과도 같았습니다.

박완서(1931~2011) 경기 개풍군 출생. 「나목(裸木)」을 시작으로 「엄마의 말뚝」, 「오만과 몽상」, 「그 해 겨울은 따뜻했네」, 「서 있는 여자」, 「꽃을 찾아서」, 「미망(未忘)」, 「그대 아직도 꿈꾸고 있는가」, 「그 많던 싱아는 다 어디로 갔을까」, 「그 산이 정말 거기 있었을까」, 「너무도 쓸쓸한 당신」 등, 한결같이 수준 높은 작품을 남겼습니다.

1970년 『여성동아』 장편소설 공모에 당선된 「나목」은 전쟁의 폐허 속에서 인간 내면의 상처를 그려낸 작품으로 평가받습니다. 제목이 주는 쓸쓸함과 황량함은 전후 세대의 정신적 풍경을 상징적으로 드러냅니다. 이어서 발표된 「그 해 겨울은 따뜻했네」는 동족상잔의 비극 속에서 자매의 배신과 후회를 통해 인간 내면의 표리부동과 이기심을 적나라하게 드러냅니다.

「그 많던 싱아는 누가 다 먹었을까」는 개인의 성장 서사를 넘어, 가난했던 시대의 정서를 복원해 낸 자전적 기록입니다. 싱아를 먹어본 세대만이 공유할 수 있는 풋풋한 미각의 기억, 복숭아꽃과 살구꽃, 아기 진달래가 흐드러지던 풍경은 단순한 향수가 아니라, 상실된 시간에 대한 애도의 방식이기도 합니다. 이어지는 「그 여자네 집」과 「그 남자네 집」은 가족과 사랑, 그리고 세월의 무게를 섬세하게 탐색하며 인간 존재의 쓸쓸함을 담담히 그려냅니다.

「그 남자네 집」에는 저문 날의 삽화처럼 아스라한 첫사랑의 기억이 어려 있습니다. 그 옛날 열정적 재회가 아니라, 세월 속에서 빛을 잃어버린 채 애처로움으로 남은 사랑의 초상입니다. 욕망의 포옹이 아니라, 물처럼 담담해진 마음의 화해에 가깝습니다. 선생의 작품 속 사랑은 늘 완결되지 못한 채 여운으로 남습니다. 너무도 쓸쓸한 당신 역시 그러한 미완의 정서를 보여줍니다.

「그 산이 정말 거기 있었을까」, 「나는 왜 작은 일에만 분개하는가」와 같은 작품들은 개인의 체험을 통해 사회와 시대를 성찰합니다. '어른 노릇'과 '사람 노릇'이 무엇인지 묻는 물음은 결국 우리 자신에게 되돌아옵니다. 선생의 문장은 격정적이지 않지만, 읽을수록 깊이 파고듭니다. 현실이면서 소설이고, 소설이면서 다시 현실이 되는 표현의 힘은 박완서 문학의 가장 큰 미덕이라 하겠습니다.

책을 읽다 보면 작중 인물을 통해 내면에 각인된 모습을 연상하게 됩니다. 어디에 머물든 건안하기를 바라는 마음, 그리고 그 기억만은 순수하게 남겨지기를 소망하는 마음. 그것이야말로 박완서 문학이 우리에게 남긴 선물입니다. 작가는 세상을 등졌으나, 문장 속에 스민 온기는 여전히 살아 있습니다. 박완서 선생님의 작품은 "가도 아주 가지는 않노라"는 의미를 일깨워 줍니다.

자전거 도둑

박완서의 소설 「자전거 도둑」은, 비정한 도시를 배경으로, 한 소년이 겪는 도덕적 위기와 그로 인한 내적 갈등을 깊이 있게 그려낸 작품입니다. 소설을 통해 가난한 현실 속에서 인간의 양심이 어떻게 흔들리고 시험받는지를 섬세하게 보여주고 있습니다. 내용을 보겠습니다.

시골에서 상경한 16살 수남이는 청계천 세운상가 전기용품 상회에서 일 잘하는 소년입니다. 주인 영감은 닳고 닳은 장사꾼입니다. 바람 부는 날, 외상값을 받으러 가는 도중에 자가용과 부딪히는 일이 발생합니다.

고급 승용차 주인은 흠집 났다며, 수리비 오천 원을 요구하고 자전거를 빼앗아 자물쇠로 채워 버립니다.

수남이는 잘못에 대해 책임을 져야 한다는 정직한 마음과, 배상금 사이에서 갈등이 생깁니다. 수남이의 내적 갈등이 극대화되는 장면은 자전거를 들고 도망치는 순간입니다. 운전자가 잠깐 자리를 뜬 순간, 주변 구경꾼들의 부추김에 자기 자전거를 훔치듯 들고 달아나면서, 뜻밖에도 짜릿한 쾌감을 느낍니다.

쾌감은 곧 깊은 죄책감으로 변합니다. 실수를 정당하게 해결하지 못하고, 도망치는 순간 느꼈던 '도둑질의 맛'이 그의 마음속에 남았다는 사실입니다. 수남이는 남을 속여 이득을 취하려는 '도둑의 싹'이 자라고 있음을 깨닫고, 스스로 불안과 혐오에 빠지게 됩니다.

결정적인 내면의 붕괴는 주인 영감의 반응입니다. 주인 영감은 수남이의 행동을 꾸짖기는커녕, 오히려 잘했다고 칭찬합니다. 충격입니다. 도덕적 기준이 되어 주어야 할 어른이 부도덕을 정당화하는 모습을 보며, 이 집에서 계속 머물다가는 자신 또한 양심을 잃은 '진짜 도둑'이 될 것임을 직감합니다.

수남이는 밤새 잠을 이루지 못한 채 짐을 싸며, 돈보다 마음의 평화를 지킬 수 있는 길을 선택합니다. 고향으로 돌아가는 것입니다. 물질보다 도덕적 가치와 양심을 지키려는 소년의 결단입니다. 「자전거 도둑」은 가난한 삶 속에서 겪는 도덕성과 양심에 대해 생각하게 하는 내용으로 중학생 권장도서입니다.

사람이 이 세상에 올 때, 저마다 하나의 씨앗을 지니고 온답니다. 어떤 씨앗이든 싹을 틔우고 꽃을 피우고 열매를 맺기 위해서는 마땅한 땅이 필요하다는 말입니다. 청소년 권장도서라고 하지만, 어쩌다 어른이 된 입장에서도 후학에 어떤 모습을 보여야 할지, 어떤 기반이 되고 있는지 돌아보게 되는 내용입니다.

옥상의 민들레꽃

고급 주택가인 '궁전 아파트'를 배경으로 시작됩니다. 이 아파트에서 두 명의 할머니가 잇따라 베란다에서 떨어져 자살하는 사건이 발생합니다. 주민들은 이 비극의 원인을 개인의 불행이 아닌, 아파트의 명성과 집값 하락에 대한 위협으로 받아들입니다.

주민들은 대책 회의를 열고 쇠창살 설치, 특수 자물쇠 부착 등 사고를 막기 위한 여러 방안을 논의하지만, 그 중심에는 언제나 아파트의 외관과 가치 유지가 놓여 있습니다. 정작 왜 할머니들이 삶을 포기했는지에 대한 진지한 공감이나 성찰은 부족합니다.

화자는 어린아이로, 그는 할머니가 삶을 포기한 진짜 이유가 '사랑받고 있다는 느낌의 상실' 때문임을 직감합니다. 화자는 과거 자신이 가족에게 필요 없는 존재라고 느꼈을 때 옥상에서 죽고 싶었던 경험을 떠올리며, 그 순간 자신을 살게 한 것은 쇠창살이 아니라 옥상에 핀 작은 민들레꽃이었다고 고백합니다.

그러나 어른들은 아이의 말을 들으려 하지 않고 회의에서 아이를 퇴장시킵니다. 겉으로 보이는 풍요와 진정한 행복은 전혀 다를 수 있다는 사실입니다. 궁전 아파트는 물질적으로는 부족함이 없지만, 그 안에 사는 사람들은 서로의 외로움과 상처에는 무관심합니다. 주민들이 자살 사건을 '사고'나 '재산 가치 하락의 문제'로만 다루는 모습은 현대 사회의 이기적인 단면을 그대로 보여줍니다.

'쇠창살'과 '민들레꽃'의 대비와 상징을 생각합니다. 어른들은 물리적인 장치로 문제를 해결하려 하지만, 아이는 작은 생명 하나가 사람의 마음을 붙잡아 줄 수 있다는 사실을 말합니다. 우리가 살아가며 진정으로 필요한 것이 통제나 감시가 아니라 사랑과 존재의 의미임을 상징적으로 드러내는 것입니다.

아이의 시선을 통해 어른 사회의 허위와 위선을 더욱 선명하게 비판합니다. 가장 순수한 진실은 아이의 입에 있지만, 어른들은 그 목소리를 끝내 외면합니다. 『옥상의 민들레꽃』은 물질 중심 사회가 잃어버린 인간다움에 대한 깊은 성찰을 담은 작품이라고 봅니다. 누군가의 삶을 지탱하는 힘은 거창한 조건이 아니라, '내가 누군가에게 필요한 존재라는 믿음'이 될 수 있을까!

겨울 나들이

단편소설 「겨울 나들이」도 교과에 수록되어 있습니다. 전쟁이 한 가족에게 남긴 상처와 개인의 내면적 갈등을 담담하게 그려낸 작품입니다. 한 여성이 잠시 답답한 자신의 감정을 돌아보고 다시 일상으로 복귀하는 과정을 섬세하게 보여 줍니다.

화자인 '나'의 남편은 이북에서 월남한 무명 화가입니다. 무던한 사람이라 결혼 생활에 큰 문제가 없습니다. 하지만 딸을 바라보며 전처를 떠올리는 듯한 남편의 그림에서 소외감을 느낍니다. '나'는 가족 안에서 밀려나 있다는 감정이 못내 서운합니다.

[정말 떠나리라 마음 먹었다. 서울을 떠나 보고 싶다거나, 남편 곁을 떠나 보고 싶다거나, 그런 것보다는 여지껏 내가 집착했던 것들… 내가 이룩한 생활을 헌신짝 버리듯 버리고 훨훨 자유롭고 싶었다] ~~ 작중 인물의 마음입니다.

결국 '나'는 마음을 추스르지 못한 채 집을 나와 여행길에 오릅니다. 온양으로 향합니다. 온양의 여인숙에서 '나'는 남편을 잃고 25년 동안 시어머니를 모시며 살아 온 아주머니의 이야기를 듣게 됩니다. 이 기막히고 고단한 삶의 이야기는 고통에만 매몰되어 있던 '나'에게 큰 울림을 줍니다.

전쟁으로 아들을 잃고 정신적 외상을 안은 채, 도리도리를 반복하는 노파의 모습은, 전쟁이 개인의 삶에 남긴 깊은 상처를 상징적으로 보여줍니다. 이러한 인물들을 통해 '나'의 상황은 아무것도 아니구나! 현실의 행복을 다시 바라보게 되고, 마음을 다잡게 됩니다.

제목이 '여행'이 아닌 '겨울 나들이'인 이유도 여기에 있습니다. '나'는 일상을 완전히 떠난 것이 아니라, 잠시 벗어나 자신의 감정을 성찰한 뒤 다시 현실로 돌아옵니다. 겨울이라는 계절이 인물의 소외와 고독을 상징하지만, 그 속에서도 삶을 지속하려는 의지를 담고 있습니다.

「겨울 나들이」는 박완서 작가의 주변인 체험이 어느 정도 반영된 작품으로 봅니다. 실제 오해할 법한 재혼가정의 조심스러움도 사실적으로 그려집니다. 독자에게는 자신의 삶과 주변 관계를 돌아보게 하는 위로의 역할도 수행합니다.

그 해 겨울은 따뜻했네

박완서 선생의 작품 「그 해 겨울은 따뜻했네」는 결코 따뜻하지 않습니다. 제목과 달리, 읽는 내내 차가운 분노와 불편함을 안겨 주는 소설입니다. 시대적 배경은 1951년 1·4 후퇴 시기의 전쟁 한복판에서 시작해 1980년대까지 이어지며, 공간은 서울을 중심으로 펼쳐집니다.

피난길에 동생 손을 일부러 놓아버린 언니가 있습니다. 귀찮고 밉다는 이유로 전란통에 동생을 버리는 설정이 과하지 않나?? 난해한 서사로 생각되었습니다. 그러나 상대가 가장 힘들 때, 저 하나 살겠다고 등지는 비정함이 요즘 주변에 너무 많아 이 작품을 다시 꺼내 봅니다.

수철·수지·수인 삼 남매는 1·4 후퇴 당시 피난길에서 막내 수인을 잃습니다. 긴박하게 헤어진 게 아니라, 당시 일곱 살이던 수지가 다섯 살 동생을 의도적으로 버립니다. 나름 계획이 있었습니다. 동생이 좋아하는 표주박 모양의 노리개를 오목에게 주고 관심을 집중시키며 동생의 손을 놓아버립니다.

그렇게 헤어진 뒤. 오빠 언니는 서울에 정착해 중산층으로 안정된 삶을 살아갑니다. '오목이'라 불리던 막내 수인에 대한 그리움이 가끔 자리합니다. 그러나 그 감정은 이중적인 태도로 드러납니다. 궁금하고, 그립고, 미안하면서도 굳이 찾고 싶지는 않은 미묘한 감정선입니다.

수지는 오목이 고아원에 있다는 사실을 알게 되면서도, 자신의 안락한 일상에 균열이 생길까 두려워 모르는 척, 외면합니다. 그러나 남의 눈이 무서워서 열심히 찾는 척도 합니다. 혹시나 찾게 되면 어쩌나 불안합니다. 적당한 거리를 두고 착한 이웃 행세를 합니다. 현실 속으로 들어오는 것을 꺼리는 이기심이 끊임없이 충돌하며, 이중성은 더욱 노골적으로 드러납니다.

오목은 온갖 고생 끝에 폐 질환으로 죽게 됩니다. 죽기 전에 평소 남편의 일거리를 도와준 착한 이웃 은인에게 감사의 인사로, 은 표주박 노리개를 줍니다. 평생 자신을 버티게 해 준 보물이라 전합니다. 그제야 수지는 얻어맞은 듯 회개의 눈물을 흘리며 고백합니다. 자기가 언니라는 것을 밝히며 너무너무 미안하다고~~

체면과 안락을 지키기 위해 책임을 회피하는 태도가 '형제애'라는 말 자체를 무색하게 만듭니다. 전쟁의 상흔이 오히려 가족의 끈을 더 단단히 묶는 다른 작품들과 달리, 이 소설은 전쟁이 인간의 도덕성과 혈연 관계를 얼마나 냉혹하게 파괴하는지, 비정을 고발하고 있습니다.

무력한 지식인의 형상

- 날개

이상(1910~1937) 본명은 김해경(金海卿). 본관은 강릉(江陵). 서울 출신. 서울공대 전신인 경성고등공업학교 건축과에서 유일한 한국인으로 항상 일등 했습니다.

글과 그림에 뛰어난 소질을 지녔으나 재능을 피우지 못하고 28세에 요절합니다. 저서로 「오감도」와 「날개」가 있습니다.

이상의 소설은 일제강점기라는 암울한 시대 속에서 개인이 겪는 정신적 고립과 자아 상실을 섬세하게 그려낸 작품입니다. 뚜렷한 사건 전개보다는 주인공 '나'의 내면 독백을 중심으로 진행되며, 독자로 하여금 인간 존재의 불안과 허무를 깊이 느끼게 합니다.

주인공은 아내와 함께 살고 있으나, 생활 전반에서 아내에게 의존한 채 무기력한 나날을 보냅니다. 늘~ 방 안에 머무르며 세상과 단절된 삶을 이어가고, 자신이 사회에서 어떤 의미를 지닌 존재인지조차 확신하지 못합니다. 소용되지 못하는 일제강점기 지식인의 혼란과 무력감을 상징적으로 보여준다고 봅니다.

주인공이 잠시 외출하여 경성 시내를 배회하는 장면에서도 현실과 제대로 연결되지 못한 채, 마치 꿈속을 걷는 듯한 감각입니다. 아마도 자신이 사회 속에서 설 자리를 잃었을 때 느끼는 깊은 소외감을이라고 봄니다. 사람이 제 역할을 다하지 못할 때, 정신까지도 억압할 수 있다는 사실입니다.

"불현듯 겨드랑이가 가렵다. 아하, 그것은 내 인공의 날개가 돋았던 자국이다 날개야, 다시 돋아라"

소설 속 주인공처럼 박제가 되어 버린 천재 이야기입니다.

뛰어난 재능을 지닌 젊은이가 꿈을 이루지 못하는데 폐결핵에다 죽음이 예감되는 현실이니, 뼈아픈 무력감에 어디로든 날고 싶습니다.

웃음을 파는 아내에 빌붙어 사는 주인공은 대인 관계도 파탄 나고, 어찌할 수 없는 심경에 세상을 날고 싶다는 단말마 외침입니다. 비상의 날개가 아닌 추락의 날개라서 오히려 더 큰 허무와 좌절뿐입니다.

「날개」는 이해하기 쉽지 않은 작품이지만, 그만큼 강렬한 인상을 남깁니다. 가치를 인정받지 못하는 인간 존재의 근본적 절망입니다. 오늘도 자살 소식이 뉴스에 나옵니다. 그 시대나 이 시대나, 자의식과 주변 관계를 성찰하게 하는 사연을 되짚으면서, 그래도… 살다 보면 살아진다~ 호사불여악활(好死不如惡活)~ 죽은 정승이 산 개만 못하다는 격언을 전합니다.

낙원이라는 역설

– 난장이가 쏘아올린 작은 공

조세희(1942~2022 향년 80세) 작가는 1965년 소설 「돛대 없는 장선」을 발표합니다. 문화개혁시민연대 공동대표와 경희대학교 대학원 겸임교수로 소외계층에 관심 어린 작품을 내놓습니다.

「난장이가 쏘아올린 작은 공」은 국정교과에 나왔습니다. 내용을 보겠습니다.

1970년대 산업화 과정 속에서 도시 빈민의 실생활을 그린 소설입니다. 열심히 살아가지만 가난한 아버지를 난쟁이라 별칭합니다. 이 가족의 비극을 중심으로 당시 사회 구조적 불평등을 고발한 작품입니다.

중심인물인 난쟁이는 재개발을 앞둔 낙원구 행복동 달동네에서 아내와 세 자녀를 부양하며 살아가는 소심한 가장입니다. 이 가족이 살던 마을은 재개발 대상이 됩니다. 난쟁이 가족은 충분한 보상도 받지 못한 채 삶의 터전을 잃게 됩니다.

이사 비용이라도 건지려는 어머니, 어떻게든 살 방법을 찾아보려는 큰아들 영수, 울화가 치밀어 못 견디겠다는 둘째 영호, 몸을 던져서라도 가족에 도움이 되려는 고명딸 영희, 할 말 못 하는 아버지가 적나라하게 그려집니다.

난쟁이 아버지는 현실의 절망 속에서도 가족을 위해 노력하지만, 결국 그 벽을 넘지 못하고 스스로 생을 마감합니다. 이후 자녀들 역시 각자의 방식으로 사회와 맞서지만 쉽지 않습니다. 개인의 실패가 아니라, 사회 구조가 만들어 낸 비극이라는 것을 여실히 보여 줍니다.

주소는 '낙원구 행복동'이지만 전혀 다른 삶입니다. 하필이면 난쟁이가 '작은 공'을 쏘아 올리니, 얼마나 올라가겠습니까! 결국 초라하게 떨어질 거라는… 제목만으로도 작가의 의도를 알 것 같습니다. 우리는 사회적 약자의 목소리를 얼마나 듣고 있는가? 같은 세대를 살아가는 우리 모두에 던지는 질문입니다.

「난장이가 쏘아올린 작은 공」은 영화로도 호평을 받았습니다. 염전에서 묵묵히 일하는 큰아들 영호역으로 열연했던 안성기 배우가 74세 일기로 떠났다는 소식입니다. 핏줄이 아니라도 영면을 접하면 마음 한켠이 서늘합니다. 그 인품이 생애를 그렇게 보여주기 때문인가 합니다.

나의 근원을 찾는 방랑

– 역마

김동리(1913~1995)는 한국 문학사에서 전통적 운명관과 샤머니즘적 세계관을 현대적으로 형상화한 대표 작가입니다. 1930년대 등단 이후 인간의 원형적 본능, 토속 신앙, 숙명 의식 등을 작품 속에 녹여 한국적 정신의 뿌리를 탐구하였습니다. 대표작으로는 「역마」, 「무녀도」, 「등신불」 등이 있습니다. 「역마」를 소개합니다.

우리 문학사에서 '역마'는 명리학적 살(煞)이 아니라, 정착하지 못하는 인간 존재의 근원적 불안을 가리킨다고 봅니다. 삶은 익숙한 것일수록 더 아프게 앗아간다는 말이 떠오릅니다. 김동리 선생은 그 떠돌이의 숙명을 통해 인간의 뿌리와 운명, 사랑의 불가능을 보여주는 작품입니다.

체 장수 영감은 장마다 떠돌며 체를 파는 장돌뱅이입니다. 그는 딸 계연을 데리고 유랑하며 살아갑니다. 어느 날 화개장터 주막집에 계연을 맡기고 길을 나선 사이, 계연은 주막집 아들 성기와 사랑에 빠집니다. 주막집 여인은 아들의 떠돌이 기질을 재우기 위해 혼사를 내심 반깁니다.

그러나 계연의 얼굴에서 낯익은 흔적을 발견합니다. 귓바퀴의 사마귀까지 닮은 모습입니다. 주막집 여인의 과거 36년 전 하룻밤 인연이었던 사내가 바로 체 장수라는 걸 알아챕니다. 알고 보니 자기 딸입니다. 두 젊은이의 사랑은 이복 남매라는 금기에 부딪혀 무너질 수밖에 없습니다.

상처 입은 주막집 아들은 병을 앓다가 끝내 엿장수가 되어 길을 떠나 버립니다. 이렇게 방랑이 한 세대에서 끝나지 않고 숙명처럼 이어집니다. 이런 상황에서 역마살은 타고난 운명으로 봐야 하는지 애매합니다. 체 장수 영감이 떠돌 수밖에 없었던 것은 가난 때문인지, 팔자소관인지….

역마를 운명보다 시대와 환경의 산물로 바라보면, 방랑은 사회적 구조 속에서 생성된 결과가 되겠습니다. 떠도는 삶은 자유로워 보이지만, 실은 뿌리내리지 못한 존재의 공허입니다. 갈 곳은 많으나 돌아갈 곳은 없는 인생. 만남은 많으나 완성된 사랑은 없는 삶. 김동리는 그 쓸쓸한 진실을 건조하게 그려냅니다.

시대를 잘못 만난 천재 김시습(매월당)이나, 방랑 시인 김병연(김삿갓) 또한 일종의 '역마의 인간'이라 할 수 있겠습니다. 능력이 없어서가 아니라, 시대와 화해하지 못했기에 길 위에 선 인물들입니다. 그렇다면 역마는 개인의 팔자라기보다 시대와의 불화가 남긴 상흔이 아닐까요!

역마는 근친상간이라는 설정을 통해 혈연의 비극을 말하는 듯 보이지만, 실은 인간이 자신의 근원을 모른 채 떠돌 수밖에 없는 존재임을 상징합니다. 사랑조차 완성하지 못하는 삶, 정착을 꿈꾸지만 끝내 길 위로 내몰리는 운명. 그 반복 속에서 우리는 어디에서 와서 어디로 가는지~

오늘의 삶은 내 노력과 내 복, 내 몫인지 살피게 됩니다.

김동리 문학의 힘은 독자는 각자의 삶을 비추어 보게 합니다. 어쩌면 그때 그 시절의 주인공이 나라면 어찌했을까! 내 심(心)에 작은 역마 하나쯤은 깃들어 있는지 모르겠습니다. 자리를 잡고 살면서도 마음은 늘 다른 곳을 향하는 불안. 그 불안이 우리를 움직이게 하는 동력이 될지, 아니면 배회로 끝날지는 각자의 몫이라 하겠습니다.

가시밭길만 있는 선택의 기로

— 광장

최인훈(1936~2018, 향년 82세) 목포고 졸업, 서울대학교 법학과 중퇴, 서울예술대학 문예창작과 명예교수 서울예술전문대학 문예창작과 교수.

작품으로 「회색인」, 「서유기」 외 1961년 발표된 「광장」은 당시 큰 반응을 얻어 최인훈 선생의 대표작으로 손꼽힙니다.

「광장」은 한국전쟁 속에서 개인의 내적 혼란과 상실을 깊이 있게 그려낸 작품입니다. 많은 사람이 오가는 과정에 잠시 머무는 광장의 의미를 생각하며 소설을 접합니다. 소설은 포로들을 태운 배 '타고르호'에서 시작됩니다. 현재와 과거를 오가는 역순행 구성으로 주인공 이명준의 지난날을 되짚어 나갑니다.

광복 후 만주에서 귀국한 명준은 아버지가 월북자라는 이유로 남한 사회에서 끊임없는 감시와 의심을 받습니다. 대학에서 공부하며 평범한 삶을 꿈꾸지만, 경찰서에 불려 가 모욕과 고통을 겪는 일이 반복되면서 점점 삶의 터전을 잃어갑니다.

윤애라는 여성과 사랑하지만, 복잡한 현실 앞에서 끝내 이어지지 못합니다. 평온히 살고 싶은 의지와 상관없이 시대 이념이 한 사람의 삶을 얼마나 가혹하게 흔들 수 있는지 실감합니다. 견디기 힘든 현실에서 명준은 월북을 선택합니다. 북한 역시 그에게 진정한 안식처가 되지 못합니다.

북에서 아버지를 만나고 예쁜 발레리나 은혜를 만나 사랑하지만, 이곳에서도 개인의 사고와 자유는 허락되지 않습니다. 남과 북 어느 곳에서도 뿌리내리지 못하는 명준입니다. 6 ·25 전쟁이 발발하자 그는 남한 점령군으로 내려왔다가 포로가 됩니다.

전쟁이 끝난 후, 명준은 남과 북 모두를 거부하고, 제3국을 선택합니다. 그러나 중립국으로 향하는 배(船) 위에서도 그는 삶의 의미와 방향을 찾지 못하고 끝내 스스로 생을 마감합니다. 개인이 감당하기에는 너무 거대한 시대의 무게를 깊은 여운으로 남깁니다.

"엄마가 좋아? 아빠가 좋아?"
이제 막 걸음마를 배우고 말을 배울 무렵 아기가 당면하는 곤란한 경우의 수입니다. 엄마도 좋고 아빠도 좋은데 둘 다 좋다고 하면 안 되는 상황입니다.
"엄마하고 살래? 아빠하고 살래?"
이혼 가정에 자녀 양육을 놓고 아이의 의사를 물을 때 당면하는 경우의 수입니다.

살아가며 이와 유사한 결정의 기로가 그 얼마입니까!
이직(離職)의 기로가 그렇고 「광장」의 경우처럼 이념의 경우가 그렇습니다. 명준이 북을 선택했다면, 북이 원하는 형태로 비굴하게 사용되었을 것입니다. 남을 선택했다면 남이 원하는 형대로 반공투사 아니면 요시찰인물이 되었을 것입니다.

불안정한 근원을 전쟁과 분단의 상처로 보는 작가는 광장을 통해서 강조합니다. 어느 한 면만 강조되는 사회는 다른 면을 소외시킨다는 점입니다. 소박하고 품격 있는 삶을 원하는 주인공 명준은 어찌할 수 없어 무력과 절망의 선택을 하고 맙니다.

불합리한 시대 속 여성들

– 박경리 소설

재혼의 조건

처녀 며느리가 재혼하는 내용입니다. 주인공 유강옥은 약혼자 윤명환의 죽음이 자기 때문이라는 죄책감으로 그 집안에 들어가 '처녀 며느리'로 7년 동안 살아갑니다. 속죄하듯 살아가던 강옥은 시아버지의 권유로 송화여고 영어 선생으로 취직하면서 사회생활을 시작합니다.

강옥은 학교에서 친구 삼촌인 남성우를 만나게 됩니다. 이미 가정이 있는 남성이었지만, 서로의 외로움과 결핍 속에서 두 사람의 감정은 점점 깊어집니다. 동생 강원이는 예전부터 누나를 좋아해 온 이치영과 인연을 이어주고 싶습니다. 그래서 서울에 계신 어머니가 위독하다고 거짓 연락을 해서 올라오게 만듭니다.

이치영은 강옥의 죽은 약혼자 윤명환의 친구로, 오랜 시간 그녀를 기다려 온 인물입니다. 서울에 왔다가 주변 인물들과 시간을 보내던 중, 동생 강원이가 교통사고를 당합니다. 동생 간호 때문에 학교를 오래 비우자, 남성우가 찾아옵니다. 두 사람은 서로 감정을 확인하지만 현실적인 한계를 마주하게 됩니다.

결국 강옥은 과거의 죄책감과, 흔들리는 감정을 잡고 삶의 조건을 돌아본 끝에 이치영과의 결혼을 선택합니다. 이 선택은 사랑의 결론이라기보다, 사랑의 상처와 허무를 절감한 뒤 삶을 다시 시작하려는 결단입니다.

'제각기 짝을 찾지 못하는 사람이 얼마나 되며, 짝을 발견하고도 맺어지지 못하는 사람이 얼마나 되랴!'

'사랑'과 '결혼'이 같은 의미는 아니라는 사실을 그렸습니다. 강옥은, 사랑과 죄책감 의무와 현실 사이에서 끊임없이 흔들리는 인물로 그려집니다. 처녀 며느리로 살아가는 강옥의 설정은 당시 사회가 여성에게 요구했던 희생과 책임을 상징적으로 보입니다. 사랑이 강렬하다고 해서 반드시 행복으로 이어지는 것은 아니라는 점입니다.

강옥이 겪는 갈등과 눈물이, 연애 문제가 아니라 '어떻게 살아갈 것인가'라는 삶의 질문입니다. 어쩌면 박경리 선생의 자의식이 드러나는 느낌입니다. 선생께서도, 통영에서 총각 선생과 사랑을 했더랍니다. 하지만 주변의 극심한 반대로 헤어져야 했기에 「재혼의 조건」이 아주 상상만은 아닌 듯합니다.

선생의 시 「산다는 것」 일부를 발췌합니다.

속박과 가난의 세월,
그렇게도 많은 눈물을 흘렸건만
청춘은 너무나 짧고 아름다웠다.

한쪽 눈은 백내장 수술을 하고 한쪽은 치료할 수 없는 황반모라서 초점이 맞지 않아 자주 비틀거리는 노년, 억울할 것 없다고 말합니다. 팔십여 세월 남보다 더 살았으니 됐다고 말하지만, 잔잔해진 눈으로 뒤돌아보는 청춘은 너무나 짧고 아름다웠다는 말입니다. 젊은 날에는 왜 그것이 보이지 않았을까요! 우린 이렇게 과거를 통해 배우는 것일까요!

김약국의 딸들

1962년 을유문화사에서 간행된 박경리 선생의 장편소설입니다. 통영에 선비 김봉제가 운영하는 김약국 이야기는 한 가문의 몰락을 그렸습니다. 김약국에는 딸(용숙, 용빈, 용란, 용옥, 용혜)의 삶과 선비적 기질로 전통적 질서를 지키려 했던 김봉제 영감의 생애가 그 시대의 상징처럼 이해됩니다.

김약국은 내부의 욕망과 오해, 사사로운 열등감으로 무너집니다. 김봉제 동생 봉룡의 충동적 살인과, 숙정의 억울한 죽음으로 이미 집안의 비극이 예고되는 사건입니다. 장녀 용숙은 일찍이 과부가 됩니다. 그러나 그녀의 아들 동훈을 치료하는 병원 의사와 정을 통하게 됩니다. 원만치 못한 사태로 용숙은 고통을 받으면서도, 금전에 온갖 정신을 쏟고 금전의 노예가 되고 맙니다.

둘째 딸 용빈은 영민하고 교육을 받아 지식인에 속하지만, 그 애인 홍섭의 배신으로 상처를 받고 힘들게 교원 생활을 합니다. 셋째 딸 용란은 미모에 관능적이지만 지성적 헤아림이 없어, 사랑에 헤매다가 아편 중독자와 만납니다. 평소 용란을 사모했던 머슴이 나타나 용란에게 도망칠 것을 제의합니다. 이 사단을 안 남편에 의하여 머슴과 어머니 한실댁이 살해됩니다. 충격으로 용란은 정신 이상이 됩니다.

시아버지의 마수를 뿌리치고 남편을 찾으러 떠난 용옥이 아이를 품에 안고 뱃길에서 죽게 됩니다. 사랑하는 가족을 전부 잃은 용혜는 눈물을 흘리며 고향을 떠납니다. 사랑, 행복, 희망, 축복 등 용빈과 용옥이 그토록 의지하던 종교가 강조했던 단어들은 전부 통영 바다 속으로 빨려 들어가고 오직 죽음과 이별만이 다가옵니다.

김약국의 딸들은 의지와 무관하게 운명에 휩쓸립니다. 결혼은 사랑이 아니라 거래에 가깝고, 가문은 보호막이 아니라 굴레가 됩니다. 그럼에도 불구하고 그들은 각자의 방식으로 욕망하고, 저항하다, 무너집니다. 게다가 김약국의 자산이 신흥 세력인 정국주에게로 넘어가는 과정은 시대의 축이 이동하는 것처럼 보였습니다. 전통적 유교 질서와 양반적 가치가 서서히 힘을 잃고, 실리와 계산이 앞서는 새로운 계층이 부상하는 장면입니다.

한말에서 일제강점기로 이어지는 역사적 흐름과 맞닿아 있습니다. 개인의 비극이 곧 사회 변동의 축소판처럼 보입니다. 욕망은 삶을 움직이는 힘이지만, 절제되지 않을 때는 한 가문을, 한 인생을 송두리째 무너뜨립니다. 동시에 이 소설은 연민을 불러일으킵니다. 다들 완전히 악하지도, 완전히 선하지도 않으며, 모두가 시대와 성격, 상황 속에서 흔들리는 존재들이기 때문입니다.

이념에 따라 휩쓸리는 약한 존재

— 영화 만무방

1994년 개봉한 영화 「만무방」은 변장호 감독이 제작하고 엄종선 감독이 연출한 작품입니다. 제목만 보고 김유정의 단편 「만무방」을 떠올렸으나, 내용이 달라 의아했습니다. 알고 보니 영화는 오유권 작가의 「이역의 산장」을 각색한 작품이었습니다. 내용을 보겠습니다.

배경은 산속 깊숙한 곳에 지어진 초가집입니다. 이곳에는 전란에 남편과 아들을 잃고 홀로 살아가는 중년 여인이 있습니다. 영화에서는 윤정희 배우가 이 역할을 맡아, 상처와 고독을 절제된 연기로 보여줍니다. 어느 날 상처 입은 노인이 이 초가를 찾아오고, 여인은 망설임 끝에 그를 받아들입니다. 이렇게 두 사람의 동거가 시작됩니다.

이어 쫓기던 젊은 사내가 문을 두드립니다. 여인은 그를 항아리에 숨겨 위기를 넘깁니다. 젊은 사내는 나무를 해오며 집안일에 실질적인 도움이 되는 존재가 됩니다. 생존에 도움되는 젊은 사내의 등장으로, 초가집 안의 관계는 서서히 변합니다.

다음 해 정월, 또 한 명의 젊은 여인이 초가를 찾아옵니다. 동냥과 잠자리를 구한다는 말과 달리 행색이 평범하지 않습니다. 여인은 질투에 휩싸여 노인과 색시에게 집을 떠나달라고 요구합니다. 하지만 그들 모두에게는 갈 곳이 없습니다. 결국 네 사람은 불편한 공존을 선택할 수밖에 없는 처지가 됩니다.

처음에는 개에 의지해 살던 여인이, 노인과 서로 기대고, 이후 젊은 사내가 등장하며 노인이 밀려 나갑니다. 노인과 젊은 색시와 짝을 이루다, 젊은 사내와 색시가 결합합니다. 어쩔 수 없이 주인 여자와 노인이 짝이 됩니다. 감정이나 도덕 문제가 아니라, 누가 생존에 유리한 힘을 지녔는가에 따라 결정됩니다.

삶이 윤리 이전에 얼마나 절박한 생존의 문제였는지를 상징적으로 보여줍니다. 인공기와 태극기를 상황에 따라 바꿔 드는 접경 지역의 삶입니다. 어느 편에 서느냐가 아니라, 어떻게든 살아남아야 하는 처절한 현실입니다.

'이역(異域)'은 낯선 땅이 아니라, 삶의 터전에서 밀려난 사람들이 모여 만들어 낸 도덕이 무력해진 세계입니다. 생존이 인간을 어디까지 몰아붙일 수 있는지, 냉정하게 보여주는 문제작이라 할 수 있습니다. 요즘은 생존보다 이기와 이념의 이역에서 만무방이 이합집산으로 날뛰고 있으니, 답답한 마음에 이 영화를 상기합니다.

일상을 유지하는 행복의 노래
– 배따라기

김동인(1900~1951) 평양 출생. 「배따라기」는, 사소한 질투와 오해로 행복이 부서지는 현상에 경종을 울립니다. 소중한 것을 잃고 난 뒤에 깨달은들 무슨 소용이란 말인가! 요즘 표현으로 '있을 때 잘하자'입니다. 행복은 일상을 잘 유지하는 데 있다는 작가의 당부입니다.

소설의 제목 '배따라기'는 평안도 어촌마을 영유에서 유행하는 민요로, 어부들의 애환을 담고 있습니다.

　비나이다 비나이다. 산천후토 일월성신, 하느님전
　비나이다. 실낱같은 우리 목숨, 살려달라 비나이다…
　…밥을 빌어 죽을 쑬지라도 제발 덕분에 뱃놈 노릇 하지
　마라~~에~~야~~어그여쟈~~아♪

하늘 맑은 삼월 삼짇날 대동강에 첫 뱃놀이를 하는 날, 날씨가 세상 좋습니다. 사람으로서 감히 접근치 못할 위엄있는 푸르름, 너그러이 바라보는 사랑의 하늘입니다. 파릇파릇 봄 물결에 취해 모란봉 꼭대기에 오르는데 저 멀리 구슬픈 노랫소리가 들립니다. '배따라기'입니다. 어딘지 슬픈 사나이가 자기 사연을 꺼내기에 들어봅니다.

작은 바닷가 마을 영유에서 살던 '그'는 어릴 적 부모를 여의고 동생

과 둘이 자랍니다. 형제 사이는 우애가 좋고, 아내는 착하고 고운 여인입니다. 웃음도 많아서 주변 사람들이 다들 좋아라 합니다. 그런데 이런 점들이 처음엔 자랑스럽더니 점차 시기 질투로 변하는 것입니다. 특히 자기보다 잘생긴 아우와 아내가 살갑게 지내는 게 영~ 거슬렸답니다.

하루는 밖에 나갔다가 집에 돌아왔는데, 동생과 아내가 헝클어진 옷차림으로 당황한 듯 서 있습니다. 무슨 짓인가~ 고함치니 쥐를 잡느라 그렇다는 말입니다. "쥐 같은 소리 하고 있네" 너희들이 그러면 그렇지 하며 둘 다 두들겨 패서 내쫓습니다. 분에 못 이겨 씩씩거리고 있는데, 방구석에서 쥐 한 마리가 후다닥 도망갑니다. 아뿔싸~ 그랬구나~~~

다음 날 바닷가 3·4리 아래에서 물에 불어터진 아내의 시신을 건져 올립니다. 아내의 장사를 지낸 이튿날, 아우가 사라집니다. 형의 오해도 기막히고, 너무 억울해서 죽은 형수도 불쌍하니… 떠나 버린 아우입니다. 계수씨는 날마다 눈물로 지새웁니다. 무지와 오해로 집안을 박살낸 형이 지금 제 아우를 찾아다니고 있답니다. 그런 사연입니다.

이렇게 될 줄 몰랐다구요! 생각 없이 저지르는 행동은 후회를 부릅니다. 좋은 마음 좋은 생각도 행동하지 않으면 후회로 이어진답니다. 가장 가까운 사람을 가장 모질게 대하고, 잃고 나서 후회하는 장면입니다. 아프고 또 아프고 자책하고 또 자책하는 인물의 노래 배따라기입니다.

순수가 그리운 밤

– 달밤

이태준(李泰俊, 1904~월북 추정) 철원生 소설가입니다. 정지용과 함께 순수주의 구인회(九人會)를 결성하고 활동합니다. 문장론에 관심을 두고 「문장 강화」를 저술합니다. 신인을 양성하기도 했는데 월북후 행적을 알 수 없습니다. 선생의 단편소설 「달밤」을 소개합니다.

성북동으로 이사 온 주인공 '나'는 글을 쓰는 사람입니다. 사정상 번잡한 곳을 피해서 시골스런 곳으로 온 것입니다. 산도 가깝고 새소리 물소리 들리는 동네에, 더욱 시골스런 사람이 찾아옵니다. 신문 배달을 하는 '황수건'입니다.

빡빡 깎은 장구대가리, 허름한 차림, 묻지 않는 아무 말을 지껄이는 모자란 사람입니다. 나중에 이 지역을 담당하는 원장 배달부가 꿈이랍니다. 그에 소망이 이루어지기를 바라지만… 금방 짤리고 마네요. 앞으로 뭘 하고 살 것인가?

참외 장사를 하고 싶다고 하여 밑천으로 3원을 줍니다.
잘되면 갚고, 안 주어도 괜찮다고 생각합니다만, 장사는 망하고 아내도 도망갔다는 소문입니다. 어떻게 살아가나~ 궁금하고 안쓰러운 마음인데 달포 후, 그가 찾아옵니다.

선생님 드시라고 포도 대여섯 송이를 들고 왔습니다. 아무튼 반가운데 어떤 사람이 달려들어 수건의 멱살을 끌고 갑니다. 빈손으로 올 수 없었는지 포도를 훔쳐 온 것입니다. 얼른 쫓아가 매를 말리고 포도 값을 물어 줍니다.

그날 밤에 누군가 노래를 부릅니다. 술 취한 황수건이 길은 안 보고, 달만 바라보며 휘청휘청 걸어갑니다.

♪ 사게와 나미다까 다메이끼까~~~ 술이란 게 눈물이냐~ 한숨이냐~~

나는 그 사람이 무안할까 봐 못 본 척합니다.

어느 동네나, 바보형 바보아저씨 한둘은 살았습니다. 우리 주변에서 잘 돌보지 않은 인물, 이해타산을 모르는 이들, 주변의 무시를 숙명으로 받아들이는 인물을, 작품에 조명한 것은… 작가 주변에 순수가 그리웠나 봅니다.

돈을 가치 있게 써야 할 때

– 원고료 이백원

강경애(姜敬愛 1907~1943) 황해도 生. 숭의여학교 동덕여학교를 다니고, 1931년 민족주의자 장하연과 결혼합니다. 단편소설 「파금(破琴)」, 「소금」, 「지하촌」, 장편 「인간문제」가 있습니다. 「원고료 이백원」은 단편소설로 발표했지만 자전적 수필에 가깝다는 평입니다.

1935년 2월 「신가정」에 발표되었습니다. 졸업을 앞둔 동생 K가 언니에게 연애관이며 결혼관에 대하여 질문합니다. 여기에 편지로 답신을 보내는 내용입니다. 원고료 이백 원을 받은 작가, 작품 안에 화자인 동시에 작가 자신이기도 하기 때문입니다.

너무나 가난하게 살아 온 주인공, 어릴 적 꿈이 털실옷에 양산을 들고 다니는 것입니다. 결혼 이후엔 금반지나 금시계를 갖고 싶습니다. 꿈이 그렇다는 말이지, 공부도 형부 덕에 간신히 다니고. 결혼 생활도 근근합니다. 어느 날 생각지도 않은 원고료 이백 원을 받습니다.

설레는 마음으로 남편과 마주합니다. 이 돈을 어디에 어떻게 쓸까! 남편이 말하기를, 처음부터 없던 돈이니 웅호 동무 입원비와 그 식솔들을 살피는 데 쓰자고 말합니다. 못내 아쉬운 기색인 나를 보더니, 생각을 물어 옵니다. 그동안 간신히 참았던 설움이 터져옵니다.

"당신이 이제껏 구두 한 켤레 반지 하나를 해줘 봤소! 빈말이라도 내 갖고 싶은 것 한 가지 사라고 말도 못 하오."

사납게 말을 하니, 뺨대기가 날아 옵니다. 왜 때리냐 달려드니, 추하고 여호 같은 년이라며 돈 가지고 나가라~ 쫓아냅니다. 간도 한겨울에 쫓겨납니다. 얼어 죽겠습니다.

덜덜 떨며 생각합니다. 식민지 현실에 독립운동을 하느라 병고에 시달리는 동지를 생각하는 남편의 말이 맞습니다. 금반지 타령을 할 때가 아닙니다. 결국, 돈이란 게 개인적 허영에 쓰이는 것보다, 민중과 동지를 위해~ 공의롭게 쓰일 때 가치롭다는 걸 K에게 피력합니다.

격동을 지나도 변하지 않는 서민의 삶

- 가을

유진오(俞鎭午, 1906~1987) 호는 현민. 서울 生. 경성제대 법문학부 졸업. 고려대 총장 역임합니다. 초기에는 빈민 위주의 작품으로, 후기 식민지 상황에서는 지식인의 고뇌 위주로 창작하며 「여직공」, 「스리」, 「오월의 구직자」, 「김강사와 T교수」, 「가을」이 있습니다. 「가을」을 소개합니다.

1935년 5월 『문장』에 올립니다. 가을이라서 계절 풍경이 그려질 줄 알았는데, 인생의 절기를 염두하는 글입니다. 주인공 '나' 기호(杞皞)는 한때 사회운동과 문학에 대한 정열을 불태웠으나, 월급 50원을 받고 일하는 월급쟁이입니다. 가족을 위해 참고 살아가는 서민입니다.

이전에 고락을 나누던 옛친구를 만나면서 이야기가 전개됩니다. 경석이, 홍림이, 태주는 한때 지식인으로 사회운동을 하던 친구입니다. 이 중에 경석이가 낙향하는 날입니다. 사업이 망하고 얼마나 고심했는지 십 년은 확~ 늙어 버렸습니다. 오랜만에 마시는 술인데 씁쓸합니다.

홍림은, 원래 미술평론을 쓰고 그림과 연극 쪽에 재능이 있었는데, 그 일을 하지 않습니다. 영화음악 쪽에 관심을 두고 레코드 유성기에 빠져있습니다. 베토벤, 모차르트, 차이콥스키… 음악을 설명해 줍니다. 세상 유유자적이 부럽게 보입니다. 내 처지는 따라가기 어려운 모습입니다.

태주는 만주 북지에서 무슨 사업으로 큰돈을 벌었다는데 자세한 내막을 아는 사람이 없습니다. 일설에 아편 밀수를 한다~ 계집 장사를 한다~ 황군에 어용상인이란다~ 좋지 않은 소문입니다. 아무튼 돈을 많이 벌긴 버는 모양입니다. 하나, 돈이 아무리 좋기로 태주처럼 살고 싶지는 않습니다.

돌아오는 길에, 하필 어릴 적에 함께 살던 수남 아범의 인력거를 타게 됩니다. 아버지와 동갑인 행랑아범이 끌어주는 인력거입니다. 불편하고 안쓰럽습니다. 40여 년 인력거를 끌었다지만 나아지지 않는 삶에 연민을 느낍니다. 다가올 겨울이 두려운 소시민의 이야기 「가을」입니다.

독후 소감입니다.

잘 배운 주인공과 친구들이, 이념과 양심의 갈등으로 괴로워하는 부분보다, 끝부분 행랑아범을 생각합니다. 행랑아범은 이념이 뭔지 모릅니다. 이념의 대립이 결국 '무고한 민중'에게 고통으로 돌아온다는 사실입니다. 기득권의 다툼이 선량한 민중에 무슨 소용이겠습니까! 순결한 심정으로 일생을 바친 결과가 무엇이란 말입니까! 가을이 상징하는 것은 쇠락과 허무와 각성입니다. 행랑아범은 이러한 '가을'의 정서를 온몸으로 살아내는 인물입니다. 끊임없이 일하지만 나아지지 않는 민초의 근원적 허무가 이 소설의 주제라고 봅니다.

세대를 연결하는 비극과 연대
– 수난 이대

　　하근찬(河瑾燦 1931~ 2007) 경북 영천 生. 전주사범 중퇴. 1957년 한국 일보 신춘문예에 「수난 이대」가 당선됩니다. 그 외 「위령제」. 「그 해의 삽화」. 「야호」. 「작은 용」이 있습니다. 단편소설 「수난 이대」는 한 부자(父子) 의 모습을 통해 식민지와 6·25를 형상화한 이야기로 국정교과에 수록 되어 있습니다.

　　아버지 박만도는 일제강점기에 징용에 끌려갑니다. 아마~ 북해도 탄 광으로 갈 거다~ 아니다~만주로 가는 게 낫다더라~ 남양군도라는 데 도 있다더라~ 막연한 불안감으로 기차 타고 배 타고 3일 만에 내린 곳 은 이름 모를 섬입니다. 산과 산 사이에 굴을 뚫어 비행장을 만들어야 합니다. 부족한 음식과 고된 노동, 밤낮없이 괴롭히는 모기떼, 아무 때 나 날아드는 공습 속에 다이너마이트를 터뜨리며 굴을 파냅니다. 그러 다 폭발이 일어났고, 팔뚝 하나가 없어집니다. 살아났기에 살아가는 삶 입니다.

　　팔 하나 없이 살아가는 게 얼마나 불편한지 모릅니다. 옷을 입고 벗 는 것, 한여름 웃통 벗고 개울에서 목간을 하고 싶어도, 한밤중에 남모르게 해야 합니다. 오줌 한번을 편하게 볼 수 있나, 자식 한번을 안아 볼 수 있나, 힘들고 불편한 것은 견디겠는데… 흉측하게 바라보는 주변 시선이 더 무섭습니다. 그래도 자식 하나 바라보며 사는데 이 외동아들 진수가 6·25 전쟁통에 소식이 없습니다. 함께 입대한 아무개는 전사 통지서가 날아 오고, 아무개는 죽었는지 살았는지 소식이 없었는데, 글 쎄~ 우리 진수가 온답니다. 살아서 온답니다. 꿈인지 생시인지 아들이 좋아하는 고등어 한 손을 사 들고 숨차게 달려갑니다. 기차가 도착하고 저~기 아들이 오는데 목발을 짚었습니다. 바짓가랑이 하나가 바람결에 펄럭입니다.

"이게 무슨 꼴이고? 이기…."
"아부지!"
"이놈아, 이놈아…."
~~~~~

소설은 2차대전과 한국전쟁의 폭력성으로 비극이 세대를 이어 반복 된다는 점입니다. 어떻게 살아가나~ 집으로 돌아가는 길에 외나무다리 를 건너가야 합니다. 아들이 고등어를 들고, 아버지가 아들을 업고 갑 니다.

위태위태하지만, 어쩔 수 없고, 어쩔 수 없으니 부자간 화해할 것이라 는 암시가 들어 있습니다. 이들의 화합을 통해서 작가가 제시하고자 하 는 주제는, 극한 상황일수록 세대 간 공동체적 연대의 필요를 말합니 다.

60년 뒤에도 공허한 현대인

- 김승옥 소설

김승옥(金承鈺, 1941~) 일본 오사카에서 출생, 네 살 때 귀국하여 전남 순천에서 자랍니다. 서울대학 졸업 세종대 교수 역임, 작품마다 도덕적 윤리적 시각보다, 심리적 감수성을 파고드는 작품을 내놓습니다. 대표작 「무진기행」, 「서울, 1964년 겨울」이 있습니다. 내용으로 들어가 보겠습니다.

서울, 1964년 겨울

주인공인 '나'와 25세 대학원생인 친구 '안(安)', 그리고 가난한 게 분명한 삼십오륙 세가량의 '사내'가 선술집에서 우연히 만납니다. 이들이 술을 마시며 나누는 대화라는 게 의미 없는 아무 말 잔치입니다. 이런저런 쓸데없는 잡담으로 시간을 보내다가~ 술값을 계산하려는데, 그 낯선 남자가 하는 말이 오늘 하룻밤만 같이 지내자고 벌벌 떨며 애원합니다. 자기 아내가 며칠 전에 뇌막염으로 죽었답니다. 세브란스병원에서 아내 시체를 판 대가로 4,000원을 받았는데, 오늘 밤 그 돈을 다 쓰고 싶다는 말입니다.

서로 어색하지만 묘하게 엮인 관계로 술집과 식당을 옮겨 다니며 놀았습니다. 쇼핑도 하고 불구경도 하고, 온갖 객기와 광기 어린 시간을 보내다 여관을 잡습니다. 이튿날 그 사내가 자살한 사실을 알고 소란이 일어나기 전, 여관을 빠져나옵니다. 괜스레 엮이기 싫은 것입니다.

「서울, 1964년 겨울」은 도시인의 고독과 허무를 압축해서 보여 주는 작품이라 평합니다. 세 인물은 같은 공간에 있지만, 끝내 서로를 이해하지 못하고 있습니다. 대화는 이어지지만 진심은 닿지 않고, 만남은 있었으되 관계는 형성되지 않는 것입니다.

그 사내의 존재는 1960년대 산업화 초기 서울이 낳은 인간형을 상징합니다. 아내의 죽음 앞에서도 깊이 울지 못하고, 피 묻은 돈을 손에 쥔 채, 생의 의미를 상실한 그는, 이미 삶에서 밀려난 인물입니다. 그의 행동은 비정상적으로 보이지만, 오히려 그 비정상이 도시의 무심을 드러내고 있습니다.

서울의 겨울밤은 아무 일도 없었다는 듯 흘러갑니다. 사람들로 가득 찬 도시 한복판에서, 가장 깊은 고독이 태어나는 순간을 그려냈습니다. 이 작품은 1965년에 나왔습니다. 60년이 지난 오늘의 세상살이는 어떨까요! 무심과 비정의 뉴스를 보면서 인생에 의미를 생각합니다.

어느 시대나 부(富)의 격차가 있고, 어려움의 차이가 있다고 봅니다. 그러니 힘들어도 살아야 한다는 것, 실패했더라도 살아야 한다는 것, 매일 세수하고 청소하고 밥 먹듯이, 인생길도 먼지를 닦아내는 일이라는 것, 아무리 힘들어도 죽음보다 못한 삶은 없다는 것, 이런 위로를 전하고 싶은 작가의 의도를 짐작해 봅니다.

무진기행

서울에서 제약회사 전무로 잘살고 있는 주인공 '나' 윤희중은 아내의 권유로 고향인 '무진'을 찾아갑니다. 무진은 안개가 자욱한 바닷가 소도시로, 주인공의 어린 시절과 내면의 기억이 겹쳐진 공간입니다. 어머니 산소가 있고, 아직 이모가 살고 있는 곳입니다.

이곳은 안개 자욱한 풍경을 빼고는, 별로 이야깃거리가 없는 곳입니다. 하지만 특별한 무엇이 없어서 편안한 무진입니다. 무진에 도착한 '나'는 후배 박 선생을 만나고, 그곳에 근무하는 음악 선생 하인숙을 알게 됩니다. 그녀는 순수한 인물로, 주인공의 감성과 공허를 자극합니다.

두 사람은 안개 낀 무진의 풍경 속에서 정서적⋯ 아니 그 이상으로 가까워지지만, 관계는 현실적으로 이어지지 못합니다. 결국 아무런 결단도 내리지 못한 채 서울로 돌아가기로 합니다. 떠나는 날, 무진의 안개는 여전히 짙고, 주인공은 그 안개처럼 모호한 자기 인식을 안은 채 다시 일상으로 복귀합니다.

사람은 무엇으로 사는가! 주인공은 일상생활에 아무 문제가 없는 가장입니다. 잠시 휴식차 다녀온 고향입니다. 거기서 전혀 의도하지 않은 일탈이 자연스럽게 전개됩니다. 표면상 이해할 수 없는 외도인데, 내면적으로 이해되는 기막힌 감정이입을 불러냅니다.

잠시 만난 하인숙에게 사랑한다~ 기다려라~ 준비하고 있어라~ 연락하면 즉시 올라오라~ 이렇게 폼나게 썼다가 지울 수밖에 없습니다. 그녀를 책임질 준비도, 현실을 변화시킬 결단도 할 수 없기 때문입니다. 마음의 공허를 아닌 척 외면하는 한 사나이 심리를 세밀하게 파고드는 부분입니다.

안개 속에서… 안개 속 같은 자신의 감성을 확인하며, 다시 그 안개 속으로 다시 숨어 버릴 수밖에 없는, 어느 현대인의 기록입니다. '당신은 무진을 떠나고 있습니다.' 「무진기행」은 TV 드라마로 나온 적이 있습니다. 책이 주는 맛과 조금 다르긴 합니다.

작가의 고향 순천으로 설계된 듯한 가상의 지명 '무진'을 안개 무(霧) 다할 진(盡)으로 해석해 봅니다. 어둠의 이야기는 어둠으로 사라집니다. 운개명월(雲開明月)이라 했습니다. 구름이 걷히면 달은 다시 제 빛으로 떠오른다는 말이지요. 세밑이 유난히 혹독했습니다. 새해 우리들 마음의 하늘도 자연스레 맑아질 것입니다.

여전히 짐승만도 못한 인간들

- 금수회의록

안국선(安國善, 1878~1926) 동경전문 정치학 전공, 소설가로 자주독립에 대한 논설과 정치적인 글을 썼으며, 「금수회의록(禽獸會議錄)」도 정치 풍자 소설로 당시 판매금지를 당합니다. 전체 내용을 요약해 보겠습니다.

일월 성신과 산천의 빛은 변함없는데 세상 돌아가는 일과 인간사를 보니 애달프고 불쌍하며, 탄식하고 통곡할 모양새라 염치와 도덕이며 의리와 절개도 절단나고, 충신과 역적이 뒤바뀌어 아무나 날뛰어 대니 걱정과 한숨뿐이네요. 이런 심사로 잠깐 잠이 들어 꿈을 꾸는데, 짐승들이 세상을 걱정하여 회의를 여는 곳이 있다 하여 들어가 봅니다.

산천 동물 가운데 대표로 8마리 동물이 연단에 나옵니다. 1번, 까마귀가 '반포지효'라~ 죽을 때까지 부모님을 모시고 산다는 효도를 말합니다. 2번, 여우가 나와서 '호가호위'로 간사한 행동을 경계하라~ 3번 개구리가 '정와어해'로 분수를 지키라는 경고를 하고, 4번 벌이 나와서 '구밀복검'을, 5번 무장공자 게가 나와서 인간의 썩은 창자보다 아무것도 없는 자신이 깨끗하다고 피력합니다. 6번은 파리. 8번 원앙새가 동포간 우애와, 부부간 금슬을 말하는데, 이 가운데 7번 등단자 호랑이의 주장을 들어보겠습니다. 참으로 시원시원합니다.

호랑이가 웅장한 소리로 회장을 부르니 산천이 울립니다. 연단에 서서 머리를 설레설레 흔들고 좌중을 내려다보니 눈알이 등불 같고 위풍이 늠름한데, 주홍 입을 떡 벌리고 어금니를 부지직 갈며 연설을 시작합니다. 좌중 회의장이 조용합니다.

"나는 산군(山君) 호랑이오. 내가 '가정이 맹어호'라는 문제를 갖고 두어 마디 할 테니 들어들 보시오. 정사(政事)가 얼마나 못돼먹었으면 호랑이보다 무섭다는 말이 나온단 말이오! 자고 이래 호랑이에게 피해 본 것이 있다면 얼마나 되오! 인간들이 자기들끼리 하는 짓이나 보고 말해 보시오.

대낮에 재물을 뺏고 사람을 죽이지 않나? 죄 없는 사람 잡아 가두지를 않나? 재판을 공정하게 하나? 벼슬을 하면 백성을 위해서 일을 하나? 힘 좀 있다 싶으면 활이니 칼이니 총이니 만들어서 무수한 사람들 죽이려 계획하고 편 먹고 별짓을 다 하는 게, 그게 다 호랑이 짓이란 말이오?

'인사유명 호사유피'~ 사람은 죽어서 이름을 남기고 호랑이는 죽어서 가죽을 남긴다는 말이 있다만~ 그 말 마소! 물론 우리 호랑이는 백이면 백, 죽어서 가죽을 남기는 것 맞소이다. 사람은 아름다운 이름을 남기는 자가 몇이나 되는지 말해 보시오! 호랑이를 기르면 근심이 온다고 양호유환(養虎遺患)을 말하는데, 포학하다, 의롭다, 우습다, 꾸며대는 게 사람들 이야기지, 우리 호랑이는 배고픔만 면하면 나쁜 짓을 하지 않소이다. 되려 사람을 기르고 키워서 배신 없이 제대로 사는 것 별로 없더이다. 하루아침 배신자가 한둘입니까! 말만 번지르르하게 하고, 세상에 못된 일 하는 자는 아예 종자를 없애는 것이 좋을 줄 생각하옵네다."
~~ 부르르~~ 호랑이가 연단을 내려옵니다.

욕망과 빈곤이 부르는 비극

– 물레방아

나도향(본명 나경손 羅慶孫, 1902~1926, 향년 24세) 경성의학전문학교 2학년 중퇴, 와세다대학 영문학 중퇴. 저서로 「벙어리 삼룡이」, 「뽕」, 「물레방아」가 있습니다. 「물레방아」 내용을 보겠습니다.

마을에서 가장 부자로 사는 신치규(申治圭)는 자기 집 머슴으로 사는 이방원(李芳源)의 아내에게 눈독을 들입니다. 오십 줄에 들어선 영감이 이제 갓 스물을 넘긴 아낙을 물레방앗간으로 불러내어 여러 말로 현혹합니다.

자기 아들 하나만 낳아주면 움막 신세를 면할 뿐 아니라 모든 재산을 다 줄 것처럼 꼬드깁니다. 가난에 지친 데다 윤리 의식이 약한 방원의 처는 솔깃합니다. 방원의 아내는 신치규와 함께 물레방앗간 안으로 들어갑니다.

두 사람이 물레방앗간에서 같이 나오는 것을 목격한 이방원은 상황을 짐작하고 아내와 싸웁니다. 이때 신치규가 방원의 아내를 감싸고 돕니다. 열불이 난 방원이 신치규를 두들겨 패는 바람에 상해죄로 구속되어 석 달간 복역합니다. 그 사이 신치규는 여자를 차지하며 대만족합니다.

출감한 방원이 마지막으로 아내의 본심을 물어봅니다. 우리 다시 시작하자고 말합니다. 이미 마음이 떠난 여자는 같이 도망하자는 이방원의 청을 듣지 않습니다. 방원은 가지고 있던 칼로 아내를 죽이고 자결하고 맙니다.

이 소설은 사람의 욕망과 빈곤이 이렇게 비극적인 결과를 불러내는지 사실적으로 보여주고 있습니다. 신치규는 재산과 권력을 가진 인물로, 자신의 지위를 이용해 가난한 여인을 소유하려는 파렴치한입니다. 사내는 돈이 많으면 딴생각을 하고, 여인은 돈이 궁하면 딴생각을 한다는 바닥 인생의 냉소가 깔려 있는 대목입니다.

책임이나 도덕성보다는 욕망 집착하는 부조리한 권력과, 사회적으로 보호받지 못하는 약자의 모습을 상징적으로 보여줍니다.

개인의 이야기를 통해 그 시대의 현실과 사회 문제를 어떻게 담아낼 수 있는지 문학의 역할을 생각합니다. 지조 없는 여자로 그려진 방원의 아내가 보여준 행동은, 당시 사회 구조와 빈곤한 생활의 관련입니다.

무항산 항심(無恒産 恒心), 청빈에 도덕이란 선비만이 지닐 수 있고 무항산자 인무항심(無恒産 者 因無恒心)~ 먹고 살기 어려우면 평정심을 잃는 게 부지기수라~ 위정은 민초의 생활을 안정시키는 게 최우선이라는 맹자의 대목을 떠올립니다.

자식을 훈육하는 아버지의 마음

– 훈자오설

요통설(溺桶說)
. . . .

강희맹(姜希孟. 1424~1483) 호는 사숙재(私淑齋), 조선 초기의 학자이며 정치가. 문장과 서화에도 능했습니다. 아들을 훈계하려고 쓴 『훈자오설(訓子五說)』에는 「도자설(盜子說)」、「담사설(啖蛇說)」、「등산설(登山說)」、「삼치설(三雉說)」、「요통설(溺桶說)」이 있습니다. '요통설」은 오줌통 이야기입니다.

시장 뒤편에 관가에서 설치한 오줌통이 있는데, 선비가 그곳에서 오줌을 누면 불결죄를 받게 되어 있었습니다. 그러나 시장 근처에 변변치 못 한 양반집 아들이 있는데 이 아들은 아는지 모르는지 매번 그곳에서 오줌을 눕니다.

아버지가 여러 차례 꾸짖지만 아들은 듣지 않고, 오히려 사람들이 점점 자신을 비웃거나 말리지 않는 것을 들어 자신의 행동이 정당한 것으로 착각합니다. 아버지는, 그 사람들이 더 이상 나무라지 않는 이유는 너를 양반이나 사람으로 보지 않기 때문이라고 일깨웁니다.

개나 돼지가 길에 오줌을 누어도 사람들이 비웃지 않는 것과 같은 이치라는 것입니다. 그러나 아들은 이해하지 못한 채 아버지만 자기에게만 잔소리한다고 여깁니다. 실은 그 아비 권세로 못 본 척해준 것입니다. 아버지가 돌아가셨습니다. 아들은 계속 그곳에서 오줌을 눕니다.

같은 행동을 했는데, 어느 날 시장 사람들에게 붙잡혀 심한 매질을 당합니다. 얻어맞고 오랫동안 병석에 눕게 된 그는 아버지의 말씀이 옳았음을 깨닫고 깊이 후회합니다. 이후 자신의 잘못을 고치기로 다짐하고 마침내 착한 선비로 거듭나게 됩니다.

"비웃지 않는 것은 너를 정상으로 보지 않기 때문이다."
남들이 간섭하지 않으면 자신이 옳다고 착각하기 쉽습니다. 여기서는, 침묵과 무관심이 결코 용서나 인정이 아님을 분명히 말해줍니다. 오히려 그에게 기대조차 하지 않는 상태일 수 있음을 경고합니다.

결국 도덕적 타락은 습관에서 시작되며, 그것을 바로잡아 줄 사람이 곁에 있을 때 고쳐야 한다는 교훈을 전합니다. 부모의 훈계, 어른의 질책이 사라진 뒤에야 깨닫는 후회는 이미 늦을 수 있다는 점에서, 이 글은 자식뿐 아니라 모든 사람에게 주는 경계의 글이라고 보겠습니다.

등산설(登山說)

산에 오름에도 방도가 있다. 천천히 가면 피곤하지 않고, 평평한 곳에 발을 두면 넘어지지 않는다. —사마광
산에 오를 때 평탄한 곳에서는 큰 걸음으로 나아가지만, 험난한 곳을 만나면 멈추고 만다. —정자(程子)

세상에 이름난 학자 선비치고 등산에 관련된 예화를 남기지 않은 경우가 없다고 합니다. 높은 산을 학문이나, 곧은 성정을 지닌 학자로 비유하기도 했습니다. 강희맹 선생은 자식 교육을 위해 『훈자오설』을 지었습니다. 그 가운데 「등산설」이 있습니다. 내용을 보겠습니다.

노나라에 갑(甲), 을(乙), 병(丙) 세 아들을 둔 사람이 있습니다. 하루는 태산 일관봉(泰山 日觀峰) 오르내리기 시합을 했습니다. 평소 일을 하면 병이 일등을 하고 을이 다음이고, 갑이 마지막입니다. 사실 갑은 근실한데 다리를 조금 절고 있습니다.

역시나 날쌘돌이 병이 쏜살같이 올라갑니다. 너무 이른 것 같아 꽃구경 개울놀이에 취하다 보니 날이 어두워, 하산합니다. 을 또한 중턱까지 한달음에 올랐지만 정상 앞에서 놀다가 날이 저물어 동굴로 몸을 피할 지경이 되었습니다.

독자의 예상대로 작가는 갑을 성취자로 이끌어 냅니다.
갑은 자기 몸을 감안하여 평탄한 길로 돌아가느라 쉬지 않고 올라갑니다. 어느새 정상 절정에 도달하고, 산마루 숙소에서 편한 잠을 잡니다. 다음날 일출까지 보고 돌아와 모든 과정을 이야기합니다.

제 힘과 여력을 알고, 평평한 곳에 발을 두고 천천히 가는 것이 오히려 빠르다는 말입니다. 남명 조식 선생께선 "산을 보고 물을 보고 사람을 보고 세상을 본다."라고 하셨습니다. 산에 오르면 오를수록 시야가 넓어지듯이 오른 만큼 덕(德)을 즐기라는 선인의 글을 보고 있습니다.

삼치설(三稚說)

꿩은 본래 뽐내기를 좋아하고 싸움을 잘한다. 한 마리의 장끼는 여러 마리의 까투리를 거느리고 산등성이나 산자락에서 노닌다. 특히 봄과 한여름은 번식기라서 까투리의 울음소리가 요란하다. 그러면 수놈인 장끼들이 그 소리를 듣고 날개를 푸드덕거리며 까투리 곁으로 날아간다. 그럴 때면 사람이 곁에 있어도 두려워하지를 않는다. 그것은 자기가 까투리를 먼저 차지하려는 데 있다…

「삼치설」은 꿩 사냥을 통해 인간의 욕망과 삶의 태도를 교훈적으로 설명한 글입니다. 장끼 번식기에는 까투리의 울음소리에 쉽게 반응하며, 이를 이용해 사냥꾼은 까투리를 미끼로 장끼를 유인해 잡는다고 합니다.

사냥꾼은 꿩의 행동을 세 가지 유형으로 나눕니다. 첫째로, 아무 의심 없이 미끼에 달려들어 한 번에 잡히는 꿩으로, 욕심과 본능에 충실한 경우입니다. 둘째는, 처음에는 나름 망설이지만 내심 욕망 때문에 결국 다가와 두세 번 만에 잡히는 꿩입니다. 셋째는, 작은 소리에도 도망가 끝내 잡히지 않는 꿩으로, 요행보다 절제와 판단력이 뛰어난 경우입니다.

선생은 이 세 종류의 꿩을 인간에 비유합니다. 욕망과 유혹에 쉽게 빠지는 사람은 한 번에 잡히는 꿩과 같고, 조심하다가도 결국 유혹에 넘어가는 사람은 두세 번 만에 잡히는 꿩과 같으며, 욕망을 절제하고 스스로를 단속하는 사람은 끝내 잡히지 않는 꿩과 같다고 말합니다.

나쁜 사람과 옳지 못한 환경을 분별할 줄 알아야 한다는 교훈입니다. 스스로를 절제하고 올바른 판단을 해야 안전한 삶을 살 수 있습니다.

살다 보면, 금전이나 명예, 직위, 이성의 유혹에 직면하게 됩니다. 쉬운 길, 편한 길 끝자락엔 우환이 기다리고 있답니다. 오늘도 묵묵히 자신의 길을 걸어가는 모두에 화이팅을 보내며 하루를 시작합니다.

이 생을 어떻게 살 것인가

– 운칠기삼

한 선비가 과거에 나설 때마다 번번이 낙방합니다.

세월이 흐르며 머리와 수염은 희어지고, 가산은 기울어 갑니다. 끝내 아내는 아이들을 데리고 집을 나가고, 삶의 끈을 놓아버리려는 절망에 이릅니다. 선비는 대들보에 목을 매며 스스로의 인생을 원망합니다.

그 순간 억울함과 분노가 치밀어 오릅니다. 자신보다 실력이 못한 이들조차 과거에 급제해 부귀를 누리는데, 어째서 자신만 이런 운명인가. 그는 옥황상제 앞에 나아가 그간의 노력과 억울한 심정을 하소연합니다.

사정을 들은 옥황상제는 정의의 신과 운명의 신에게 술 대결을 시키자고 합니다. 정의의 신이 더 많이 마시면 선비의 주장이 옳고, 운명의 신이 이기면 선비는 체념해야 한다는 조건입니다. 결과는 운명의 신이 일곱 잔을 마시고, 정의의 신은 세 잔에 그칩니다.

이를 지켜본 옥황상제는 선비에게 말합니다.

"세상일은 정의만으로 이루어지지 않는다. 운명의 장난이 늘 따라붙는다. 세상은 칠 할이 운으로 움직이지만, 그렇다고 삼 할의 이치와 노력이 사라지는 것은 아니다."

이 이야기는 청나라 포송령(蒲松齡)의 글입니다.

성공을 이루고 유지하는 데에는 기(氣)와 운(運)이 모두 필요하다는 인식입니다. 그러나 성취한 사람들은 단지 운에 기대지 않는다는 사실입니다. 스스로 단련하고 변화시켜, 행운과 마주칠 가능성을 높이는 '운이 있는 사람'으로 살아간다는 말입니다.

설령 불운이 닥치더라도 그 영향을 최소한으로 제한하려 애씁니다. 그래서 오늘날의 관점에서는 운명이 타고나는 것이 아니라, 만들어 가는 것이라는 인식이 점차 힘을 얻고 있습니다. 어떤 이들은 행운의 조건을 인연에서 찾기도 합니다. 부모와 형제, 스승과 이웃, 직장 안팎의 인간관계에 따라 인생의 명암이 갈리기 때문입니다.

특히 인생의 황혼길에 접어들수록 스스로에게 묻게 됩니다. '지금 내가 선 자리는 기생(奇生)인가, 상생(相生)인가. 나는 기운을 돕는 사람인가, 기운을 앗는 사람인가. 그동안 얼마나 성실히 노력해 왔는가, 혹은 눈앞의 잇속을 좇다 귀인을 놓친 것은 아닌가!'

운칠기삼(運七氣三)은 체념의 논리가 아니라, 새해를 앞두고 삶을 점검하게 하는 성찰의 거울로 봅니다. 운이 칠 할이라 해도, 남은 삼 할을 어떻게 살아내느냐는 끝내 각자의 몫이기 때문입니다.

제4부

세계 문학과 우리네 인생

다른 나라 소설은, 주인공의 이름이나 지역 정서에서 다른 면면을 느낍니다. 시대도 다르고 지역도 다르니 당연한 이질감과 신선함이 있습니다.

하지만 낯섦 속에서도 우리 살아가는 이야기가 겹쳐 보일 때가 있습니다. 공통된 인간 본연의 심성을 발견합니다. 나라마다 취향이 다른 문학이지만 인류적으로 보면 공동의 유산이라고 봅니다.

직접 가지 않고도 보고 세상을 배우고 느낄 수 있는 세계 문학의 일부를 조명합니다. 언젠가 세계 문학이 피어난 자리를 방문한다면 더없이 반가울 것 같습니다.

인간이 죄를 대속할 수 있는가

– 빙점/미우라 아야코

배경은 1946년 일본 홋카이도 아사히자와, 쓰지구치 게이조는 성실하고 점잖은 의사며, 상당히 고운 아내와 아들딸이 있는 가장입니다. 어느 날 게이조가 출장을 가고 잠시 비어 있는 시간에 안과의사 무라이와 아내가 부적절한 접촉을 합니다. 그 사이 혼자 놀고 있던 어린 딸이 유괴되어 살해되는 비극이 발생합니다.

게이조는 복수심에 사로잡혀 잔혹한 결정을 내립니다. 자기 딸을 살해한 범인의 아이를 입양하여, 아내 나쓰에에게 키우도록 만드는 것입니다. 죄인의 피를 이어받은 아이인 줄 모르고 정성을 다하는 아내를 지켜보려는 것입니다. 그렇게 입양된 아이가 바로 요코입니다.

요코는 어머니와 오빠의 사랑을 받으며 곱게 자랍니다. 성실하고 선한 마음을 지닌 아이로 날마다 행복합니다. 그러나 성장 과정에서 자신의 출생에 대한 비밀을 알게 되고 모든 진실이 하나둘 드러나면서 요코는 자신이 원죄를 안고 태어났다는 생각에 괴로워합니다. 유서를 씁니다.

자기의 죄는 아니지만 더 이상 쓰지구치 집에서 살 수 없다는 생각입니다. 죄인의 딸을 이렇게 키워주신 두 분께 아무 보답도 못 하고 죽는다는 게 참으로 죄송합니다. 죽기에는 분에 넘치는 밝은 아침, 이제까지 가장 온순하고 겸손한 심경이 된 것은 바로 지금이라며 인사드립니다.

오빠에게 마지막 편지를 씁니다.
"지금 이 순간 가장 만나고 싶은 도루 오빠! 요코가 누구를 가장 사모하고 있는지 지금 알겠어요. 죽어서 죄송합니다. 어머니가 말해주지 않았으면 아무것도 모르고 살 뻔했어요." 자기가 누구인지 자세히 알게 되었다며 그동안 추억이 담긴 숲길 강둑에 누워 눈을 감습니다.

요코는 살인범의 딸이 아니라, 미혼모의 자식이라는 반전이 보육원 원장에 의해 밝혀집니다. 결국 아무 죄도 없는 아이가 살인범의 딸이라는 누명을 쓴 것입니다. 작품의 요지입니다. 인간이 타인의 죄를 대신 짊어질 수 있을까! 진정한 용서와 구원이란 무엇인가!

중학교 때 「빙점(氷点)」을 읽었습니다. 요코의 상황이 너무 애처롭고, 유서가 너무 슬퍼서 울었습니다. 한때 TV로 나오고 영화관에서 방영되기도 했지만, 독서가 주는 상상에 미치지 못했습니다. 책을 읽으며 감동하는 것도 때가 있나 봅니다. 지금은 감동이 자꾸 줄어들고 있어 아쉽습니다.

땅으로 흥한 자, 땅으로 망하다

— 대지/펄 벅

　소설 「대지(The Good Earth)」는 왕룽(王龍)이란 인물의 삶을 중심으로, 한 인간과 한 가문이 땅과 함께 흥망성쇠를 겪는 과정을 그린 작품입니다. 이야기의 시작은 왕룽이 가난한 농부로서 아내 오란과 결혼하는 장면에서 출발합니다. 교과서에는 「왕룽일가」로 뒷부분만 발췌되어 나옵니다.

　왕룽의 아내 오란은 말수가 적고 성실하며 강인한 여성입니다. 아이 출산 직전까지 일을 하는 여인입니다. 왕룽과 함께 땅을 일구며 가난한 생활을 버텨 냅니다. 부부 모두 근면하게 일하며 점차 땅을 늘려 가고, 그에 따라 삶도 안정되어 갑니다. 그러나 큰 가뭄과 기근이 닥치면서 가족은 살길을 찾아 남쪽 도시로 떠나게 됩니다. 그곳에서 왕룽은 인력거를 끌고, 오란은 구걸까지 하며 힘겹게 생계를 이어갑니다.

　폭도에 난동 난리가 일어나고, 극한 상황에서 오란은 우연히 귀중품을 손에 넣게 됩니다. 이를 계기로 가족은 다시 고향으로 돌아와 땅을 사고, 더 많은 토지를 소유합니다. 부자가 되니까 왕룽은 사치와 욕망에 빠져, 젊은 첩을 들입니다. 자연히 아내 오란을 소홀히 대합니다.

　「대지」는 한 인간의 성공과 타락, 회한을 통해 삶의 본질을 살피는 작품이라고 생각합니다. 왕룽은 땅을 사랑하고 성실히 일할 때 가장 인간다운 모습이었으며, 부와 권력을 손에 쥐자 점차 본래의 자신을 잃어가는 모습이 안타까웠습니다. 늘그막에 왕룽은 다시 땅으로 돌아가 안식을 찾으려 하지만, 그의 아들들은 땅의 소중함을 이해하지 못하고 토지를 팔려 합니다.

아내 오란이 작품의 중심축이라 생각됩니다. 가난한 남편과 자식을 위해 묵묵히 희생하는 오란의 삶은 읽는 내내 마음을 아프게 만들었습니다. 살만하니 첩을 들이는 남편을 어쩌지 못하고 감내하는 심경을 가늠하자니 속이 답답했습니다. 좋은 사람은 자기 인생을 아름답게 살면서 함께하는 이까지 행복하게 하므로 좋은 사람이라 말합니다. 나쁜 사람은 저 하나만 잘 못 사는 것이 아니라, 곁에 있는 사람의 인생마저 송두리째 무너트립니다. 인연이란 게 이렇게 무섭고 중요한 것입니다. 그토록 고생한 오란이 끝내 인정받지 못한 채 생을 마감하는 장면에서는, 나중에 왕룽이 뼈아프게 후회하길 바랐습니다.

생명을 향한 집요한 의지

– 마지막 잎새/오 헨리

「마지막 잎새」는 뉴욕 그리니치 빌리지의 허름한 화가촌이 배경입니다. 여기 화가 지망생 존시와 그녀의 친구 수가 함께 살고 있습니다. 유난히 추운 가을, 존시는 폐렴에 걸려 병상에 눕게 되고, 점점 삶의 의지를 잃어갑니다.

존시는 창밖의 담쟁이덩굴 잎을 보며 잎이 다 떨어지면 자기도 죽을 것 같다고 말합니다. 병세보다도 절망감이 존시를 더욱 약하게 만듭니다. 수는 친구를 살리기 위해 애쓰지만, 존시의 마음은 쉽게 돌아오지 않습니다.

이웃에 사는 베어먼 영감은 말만 화가지 평생 변변한 그림 한 점 남기지 못한 인물입니다. 언젠가는 걸작을 남기겠다 호언만 하는 늙은 화가입니다. 그는 존시의 이야기를 듣고 겉으로는 무뚝뚝하게 반응하지만, 깊이 걱정합니다.

폭풍우가 몰아친 밤, 담쟁이 잎은 모두 떨어질 것처럼 보였습니다. 다음 날 아침, 창밖에는 여전히 마지막 잎새 하나가 남아 있었습니다. 비바람 속에서도 떨어지지 않은 마지막 잎새를 본, 존시는 삶의 의지를 되찾습니다.

지난밤, 폭우 속에서 베어먼 영감이 사다리를 타고 벽에 잎을 그려 넣은 그림이었습니다. 그는 비를 맞으며 결코 떨어지지 않는 마지막 잎새를 그렸습니다. 그의 유일한 걸작이었습니다. 그리고 폐렴에 걸려 세상을 떠납니다.

「마지막 잎새」는 인간의 생명과 희망이 얼마나 미묘한 마음의 힘에 의해 지탱되는지를 보여주는 작품입니다. 베어먼 영감의 작품, 마지막 잎새는 한 생명에게 희망을 주었습니다. 마지막으로 자신의 숭고함을 일구었습니다.

타인을 위한 따뜻한 사랑이 절망에 빠진 사람에게 삶의 희망과 용기를 줄 수 있다는 것을 보여주는 작품입니다. 우리 모두 누군가의 헌신과 배려로 지금껏 살아왔습니다. 나는 누구의 마지막 잎새가 될 수 있는지 돌아봅니다.

문학에는 국경이 없습니다. 언어와 문화가 달라도 사람의 기쁨과 슬픔은 서로 통하기 때문입니다. 외국 문학을 처음 접했을 때 낯선 나라의 이야기라서 매우 낯설 줄 알았는데 예상보다 깊은 공감을 느꼈습니다.
낯선 나라 낯선 땅에서 살아가는 사람들의 삶이 어쩌면 우리와 이렇게 닮아 있을까 의아하면서 이해되었습니다. 결국 사람 사는 이야기는 비슷하다는 말입니다. 세계 여러 나라의 작품을 읽고 느낀 감상에서 몇 부분을 수록합니다.

선함을 위한 악행은 정당한가

- 죄와 벌/도스토옙스키

저자 표도르 도스토옙스키(1821~1881) 모스크바 빈민병원 의사 둘째 아들로 태어납니다. 「가난한 사람들」로 문단에 관심을 받기 시각했는데, 당시 집권자의 총애를 받는 작가 고골에게 보내는 비판적 내용의 편지를 낭독했다가 사형선고를 받습니다. 처형 직전 극적으로 취소되어 감옥생활, 병역 복무를 하면서 집필을 계속합니다. 「악령」, 「카라마조프의 형제들」, 「백치」, 「지하로부터의 수기」 등 명작이 여럿입니다. 그중에 「죄와 벌」을 조명합니다.

총 6부로 구성되어 있는 「죄와 벌」은 주인공이 범행을 왜 저질렀는지 과정과 갈등하는 모습부터 그려집니다. 살인을 저지를 범죄자 이름은 로마노비치 라스꼴리니꼬프, 러시아 이름이라 그런지 무척 깁니다. ^^

그는 가난하지만 선량한 대학생입니다. 못된 짓을 한 번도 해 본 적이 없습니다. 하숙집에 방세와 집세가 밀려 있어서 언제 주인 아주머니를 만나게 될까 마음졸이는 소심맨입니다. 늘 돈이 부족해서 쪼들리는데도 힘든 친구, 아픈 친구를 보면 가진 것을 탈탈 털어서 주고 마는 심성입니다.

이런 젊은이가 살인을 저지릅니다. 돈을 빼앗기 위해 전당포를 운영하는 노인을 도끼로 찍어 죽입니다. 평소 가엽다고 생각하는 노파의 여

동생인데도 눈에 보이자 주저 없이 동생마저 죽입니다. (갑자기?)

작가도 이야기 전개를 위해서 고심한 흔적이 보입니다. 범죄자 주인공 대학생이 범죄의 씨앗을 심는 대목입니다. 작품 안에서 주인공 대학생은 '범죄에 대하여'라는 논문을 발표합니다. 여기서 범죄는 사회악을 척결하자는 의미입니다. 우리의 예를 들면 동학 농민운동을 불러낸 고부 군수 조병갑, 탐관오리를 털어내는 소설 속 홍길동을 비유하면 적당할지 모르겠습니다.

주인공은, 어느 술집에서 어느 대학생과 젊은 장교에게 하는 말을 엿듣게 됩니다. 전당포 노인 알료나가, 자신이 죽고 나면 전 재산을 수도원에 기부한다는 유언장에 대하여 나누는 이야기입니다. 기막힌 점은 배다른 동생 리자베따를 평생 구박하며 하인처럼 부려먹었는데, 그 동생에겐 한 푼도 줄 수 없다는 말입니다. 오히려 동생이 부업으로 모은 푼돈까지 빼앗았다는 사실입니다. 오갈 데 없는 동생을 두고 어떻게 저런 말을 할 수 있나 분개합니다. 배다른 동생이라고 하지만 노파의 동생 입장에서 보면 말이 안 됩니다. 노파가 해충 같습니다. 바퀴벌레나 사람의 머릿속에서 잠식하는 머릿니(蝨)처럼 아니 그보다도 못한 사라져야 할 대상입니다.

이런 해악을 제거하여 수십수백의 빈민들을 구제하는 것이 정의라고 생각합니다. 소위, 목적은 수단을 정당화한다, 좋은 일을 한다면 어떤 악행이라도 그럴 수 있다는 주장입니다. 사람을 구하기 위해 사람을 해할 수도 있다는 말입니다. 구해야 하는 사람은 다수의 착한 사람이고, 해할 사람은 부분적 나쁜 사람이라면 그럴 수 있지 않느냐는 자칭 정당성입니다.

고매한 살인자 라스꼴리니꼬프는 정신분열자입니다. 과대망상에 우울증을 겪고 있는 환우입니다. 여동생 두냐도, 주인공을 고해성사케 하는 소냐도 노파도, 노파의 여동생도 한결같이 힘든 초상입니다. 우리들의 평범한 정서가 아닙니다. 어쩌면 작가 도스토옙스키도 간질병에 충동적인 성격의 소유자로 작중 인물에 자신을 투영했는지도 모릅니다.

바른 생각 바른길을 가고 싶은 생각이 있으나 끝까지 성경책을 펼치지 못하는 「죄와 벌」의 열린 결말입니다. 죄에는 벌이 따른다~ 선한 일이란 선한 목적과 선한 동기와 선한 수단이 동반되어야 한다는 주제입니다.

제도 앞에서 무너지는 인간상

– 25시/게오르규

「25시」는 제2차 세계대전 전후 속에서 국가와 제도에 의해 평범한 사람이 어떻게 파괴되는지를 보여주는 소설입니다.

산골 청년 농부 요한 모리츠는 부모님과 함께 살아갑니다. 돈을 벌어서 부모님을 잘 모시고 싶은 모리츠는 미국에 갈 생각입니다. 하지만 사랑하는 여인 스잔나와의 문제가 있습니다. 부잣집 딸 스잔나의 부모는 모리츠와 결혼을 반대합니다. 대노한 스잔나 아버지를 말리다 어머니가 돌아가십니다. 아버지는 감옥에 갑니다. 순식간에 홀로된 스잔나와 살게 된 모리츠입니다.

토지 계승 문제가 남아 있는 스잔나는 형식적이지만 모리츠와 이혼 서류를 만들어야 하는 상황입니다. 사랑하는 사이인데 이혼 사유가 마땅하지 않습니다. 고심 끝에 '인종 문제'라고 적었습니다. 이야기 전개에 복선이 되는 부분입니다. 인종 문제로 불거진 모리츠는 그때부터 나치 독일, 연합군 수용소와, 전후 사회를 전전하며 여러 신분으로 변합니다.

그는 가는 곳마다 실체와 상관없이 '유대인', '아리아인', '전범', '난민'이라는 이름으로 분류됩니다. 어디에서도 인간으로 대우받지 못하는데,

전쟁이 끝난 뒤에도 고통은 끝나지 않습니다. 제도와 서류가 인간 위에 군림하는 세상 속에서 끝없이 떠밀리며 목숨을 부지합니다. 처음엔 또렷한 의지가 있는 청년이었지만, 타의에 의해 구르고 끌려다니는 동안 자의식이 없어집니다. 몸도 마음도 자기 것이 아닌 백치가 되어갑니다.

한 번도 죄 지은 적이 없는 순박한 농부입니다. 이러한 사람을, 국가와 이념이 끊임없이 죄인으로 만들어서 바보로 만들어 냅니다. 사람을 이해하기보다 분류하는 모습이, 요즘 세상에도 낯설지 않게 느껴집니다. 무지한 제도가 인간보다 앞설 때, 인간성은 물론 사회가 무너진다는 사실을 고발합니다. 문학의 역할을 상기합니다. 문학은, 인간이 인간답게 살기 위하여 인간에게 기여해야 하는 것이 작가 윤리라 하겠습니다.

작가 게오르규 자신도 미군에 의해 2년간 감옥살이를 했습니다. 자신의 경험담이 부분적 투영되어 있다고 보겠습니다. '25시'란 결국 인간이 인간답게 살 수 없는 시간, 희망이 사라진 시대를 뜻한다고 봅니다. 나를 잃어가며 지켜야 할 것은 없습니다. 누가 누구를 판단한다는 것은 대단히 힘들다는 것, 관념적 수치적 잣대보다 그 사람의 삶과 사정을 먼저 보려는 마음이 필요하다는 것을 일깨우는 독후 감상입니다. 결국 「25시」는 전쟁보다 더 무서운 것이 인간을 숫자와 서류로만 보는 사회상과… 역사를 고발한 내용입니다.

허영과 운명의 아이러니

– 목걸이/모파상

   프랑스 사실주의 문학을 대표하는 작가 기 드 모파상의 단편소설 「목걸이」는 짧은 분량 속에서 인간의 욕망과 허영, 인생의 아이러니를 날카롭게 보여 주는 작품입니다. 사람이 현실보다 환상을 좇을 때 어떤 결과가 따라오는지를 성찰하게 합니다.

   주인공 마틸드는 아름다운 외모를 지닌 여인이지만 평범한 하급 관리 집안에서 태어나 소박한 삶을 살고 있습니다. 환경에 비해서 넘치는 환상이 있습니다. 늘 화려한 사교계와 부유한 삶에 대한 동경입니다. 남편은 교육부 말단 직원입니다. 소위 공직자의 아내인데, 현실을 받아들이기보다 늘 부족함과 허무함을 느끼며 살아갑니다.

   어느 날 남편이 문교부 장관 부부가 주최하는 무도회 초청장을 가져옵니다. 남편은 아내가 크게 기뻐할 것이라 기대하지만, 마틸드는 입고 갈 옷과 장신구가 마땅치 않다며 낙담합니다. 남편은 어렵게 모아 둔 돈을 다 털어서 드레스를 마련해 주고, 부유한 친구에게 화려한 목걸이를 빌립니다.

   무도회에서 마틸드는 누구보다 아름다운 여인으로 주목을 받으며 꿈

같은 시간을 보냅니다. 잘 다녀왔습니다. 그러나 집으로 돌아온 뒤 목걸이가 사라졌음을 알게 됩니다. 깜짝 놀랍니다. 부부는 밤새 찾아다니지만 찾지 못하고, 마침내 빚을 내어 진품을 구입해 친구에게 돌려줍니다. 3만 6,000프랑짜리랍니다.

이후의 삶은 완전히 달라집니다. 빚을 갚기 위해 허름한 집으로 이사하며, 설거지와 청소, 시장일 등 온갖 고된 노동을 닥치는 대로 감당합니다. 남편 역시 밤늦도록 일을 합니다. 그렇게 10년의 세월이 흐른 뒤에야 비로소 빚을 모두 청산하게 됩니다.

이 세월은 마틸드의 모습을 완전히 바꾸어 놓습니다. 아름다웠던 그녀는 거친 노동 속에서 늙고 지친 모습이 되었습니다. 어느 날 길에서 옛 친구를 만나 10년의 사정을 털어놓습니다. 잔느는 놀라운 사실을 말합니다. 마틸드가 잃어버렸던 그 목걸이는 500프랑 남짓한 모조품이었다는 말입니다.

반전이 독자에게 깊은 여운을 남깁니다. 작가는 허영의 결과를 극적으로 보여 줍니다. 마틸드가 그토록 집착했던 화려함은 실제로 모조품이라는 것, 그 하룻저녁 허영을 대가를 치르기 위해 10년 동안 혹독한 노동 속에서 보내야 했다는 점입니다.

우리도 인생에서 중요하게 여기는 것들 중 상당수가 사실은 허상일지도 모른다는 생각을 해봅니다. 작은 선택 하나가 인생의 방향을 얼마나 크게 바꾸어 놓을 수 있는지도 깨닫게 됩니다. 만약, 마틸드가 알뜰한 여인이라면, 아니면 목걸이에 대하여 친구에게 솔직하게 사실을 털어놓았다면, 긴 고통의 세월은 없었을지도 모릅니다.

　욕심과 허영은 가까운 감정이라 하겠습니다. 그렇게 살아가는 사람과, 그를 바라보는 시선과, 결과에 대한 충고가 이미 여러 작품으로 나왔습니다. 우리의 전래동화 혹부리 영감과 황금알을 낳는 거위의 배를 가른 이야기, 「베니스의 상인」의 샤일록보다 더한 사악한 사채업자 등등…

　결말을 충분히 예견하듯이, 이 작품 역시 처음부터 현실과 주제를 가르치기 위한 작가의 의도라고 봅니다.

형식보다 본질을 묻는 이야기

– 두 노인/레프 톨스토이

러시아의 대문호 레프 톨스토이의 단편소설 「두 노인」은 매우 단순한 이야기 구조를 지니고 있으면서도 인간의 신앙과 양심, 그리고 삶의 본질이 무엇인가를 깊이 묻는 작품입니다. 짧은 분량이지만 읽고 난 뒤 여운을 길게 남기는 이야기입니다.

이웃하며 살아가는 두 노인이 주인공으로 등장합니다. 비교적 넉넉한 살림을 하는 농부 '예핌'은 매사에 계획적이고 빈틈없이 일을 처리하는 성격의 사람입니다. 평범한 농부 '예르세이'는 성실하면서도 인정이 많고 따뜻한 마음을 지닌 인물로 그려집니다. 두 사람은 오래전부터 함께 예루살렘 성지 순례를 가겠다는 소망을 품고 준비를 해 왔습니다.

마침내 결심을 실행에 옮겨 길을 떠나게 됩니다. 예핌은 집안의 여러 일들을 미리 정리하고 장기간 집을 비우는 데 필요한 모든 준비를 철저히 마친 뒤 여행을 시작합니다. 그의 성격답게 모든 일은 계획대로 진행됩니다. 목적지인 예루살렘에 도착하여 성전에서 예배를 드리며 오랫동안 바라던 성지 순례를 이루게 됩니다.

그러나 여정의 한복판에서 예르세이는 뜻밖의 길에 서게 됩니다. 물 한잔 얻어먹으러 들어갔다가, 가뭄으로 인해 굶주림에 시달리는 한 가난한 가족을 만나게 된 것입니다. 안주인은 죽어가고 할머니와 아이들은 굶어 죽을 지경에 이르러 있었습니다. 그 참담한 광경을 본 예르세이는 차마 그들을 외면하고 길을 떠날 수가 없습니다.

처음에는 빵을 나누어 주며 잠시 도움을 주려 합니다. 그러나 그들의 절망적인 상황을 두고 돌아서지 못합니다. 결국 그는 자신이 준비해 온 여비를 모두 털어 그들의 생계를 돕고 농사를 다시 지을 수 있도록 마련해 줍니다. 경작지를 찾아 주고 수레며 말. 낫까지 사주고 나니, 돈이 없습니다. 예르세이는 더 이상 순례를 계속할 수 없게 되어, 고향으로 돌아가게 됩니다.

한편, 예루살렘 성전에서 기도하던 예핌은 가는 곳마다 뜻밖의 환상을 보게 됩니다. 그 환상 속에서 그는 친구 예르세이가 자신보다 먼저 하느님 앞에 서 있는 모습을 목격하게 됩니다. 이 장면은 독자에게 강한 인상을 남기며 이야기의 핵심 메시지를 드러낸다고 봅니다.

표면상, 예핌은 성지 순례라는 목표를 끝까지 완수한 사람입니다. 반면 예르세이는 그 길을 중도에 포기하고 돌아온 사람입니다. 그러나 톨스토이는 이 두 사람의 삶을 대비시키면서 신앙의 진정한 의미가 무엇인지 말하고 있습니다. 성지를 찾아가는 행위 자체보다 더 중요한 것은, 눈앞에서 고통받는 이웃을 향해 손을 내미는 사랑과 자비라는 사실입니다.

불교에서 말하는 '빈자일등(貧者一燈)'의 이야기가 떠오릅니다. 가난한 사람이 정성을 다해 밝힌 작은 등불 하나가 오히려 가장 밝게 빛났다는 가르침입니다. 종교와 문화는 다르지만 인간의 진심 어린 마음이야 말로 가장 값진 공덕이라는 점에서 서로 깊이 통하는 의미를 지니고 있다고 생각됩니다.

예르세이가 머물렀던 집안의 처참한 현실과, 그곳을 떠나야 하는 순간 그의 마음속에서 일어나는 갈등입니다. 오랫동안 꿈꾸어 온 성지 순례를 계속할 것인가, 아니면 눈앞에서 고통받는 사람들을 돕고 돌아설 것인가 하는 선택의 갈림길에서 그는 결국 인간적인 사랑의 길을 선택합니다. 그 모습에서 우리는 진정한 신앙인의 모습을 발견하게 됩니다.

작품은 두 친구 일상과 여행 과정을 보여주며, 삶의 방향을 성찰하게 합니다. 우리는 때때로 형식과 절차를 지키는 일에 더 많은 의미를 두고 살아가기도 합니다. 꼭 종교관이 아니라도, 우리는 형식을 따르며 살아가고 있는지, 아니면 삶의 본질을 지키며 살아가고 있는지 말입니다.

「두 노인」은 눈앞의 사람을 외면하지 않는 마음, 그리고 진심이 지니는 깊은 의미를 다시 생각하게 하는 작품이라는 점에서 오늘날에도 여전히 소중한 가르침을 전해 주고 있다고 생각합니다. 어쩌면 하느님이 계신 곳은 먼 성지가 아니라, 굶주린 이웃 곁에 머무르는 인간의 따뜻한 마음속인지도 모릅니다.

흔히 여행은 떠남과 만남이라고 합니다. 평소 안주하던 공간에서 세상을 다니며 보고 느끼고 배우는 과정입니다. 원근 여러 풍경과 다양한 사람들을 보면서 본성을 돌아보는 과정입니다. 그리고 피곤하지만 정직한 마음으로 돌아오는 것입니다. 지나온 인생 여정을 돌아보면 정말 그러합니다.

　문학은 서로 다른 문화를 이어 주는 다리이며, 사람과 사람을 연결하는 가장 따뜻한 언어이기도 합니다. 우리를 먼 나라로 데려다주기도 하고 때로는 우리 자신의 마음속으로 돌아오게 하기도 합니다.

　우리 문학과 세계 문학이라는 바다를 함께 여행하시기를 바랍니다.

별 하나에 꿈, 별 하나에 그리움

– 황순원과 알퐁스 도데의 별

문학 속에서 '별'은 늘 마음을 비추는 상징으로 등장합니다. 같은 제
목을 지녔으되 서로 다른 빛깔을 띠는 내용입니다. 황순원 선생의 「별」
과, 알퐁스 도데의 「별」을 함께 들여다보겠습니다.

알퐁스 도데의 별은 프랑스 남부 프로방스의 목동을 화자로 내세운
서정적인 이야기입니다. 산 위에서 양을 돌보는 소년은 어느 날 주인의
딸과 함께 밤을 보내게 됩니다. 둘은 별이 가득한 하늘 아래에서 이야
기를 나누고, 소년은 주인집 딸 스테파네스 아가씨를 향한 사랑과 동경
을 마음속에 품습니다. 그러나 신분의 차이와 현실의 벽은 그 감정을
고백조차 하지 못하게 만듭니다.

아가씨와 함께 별을 세며 별 이야기를 나누던 밤은 소년의 가슴에 오
래도록 남는 추억이 되고, 별은 이루어질 수 없는 사랑의 상징으로 빛
납니다. 양치기 소년의 순수한 감정, 그리고 현실 앞에서 스러지는 사랑
의 아련함을 담고 있습니다.

황순원 선생의 「별」은 어려운 시절의 정서가 배어 있는 작품입니다.
아홉 살 소년이 등장합니다. 어려서 어머니를 잃고 누나에 의지하여 살

아가는 아이입니다. 누나를 통해서 어머니를 그리는데, 시집간 누나가 죽었습니다. 가난보다 더욱 힘든 그리운 얼굴을 별을 바라보며 찾습니다.

별나게 많은 별이 많은 초가을 밤, 이전에는 별이 땅 위에 이슬 정도로 느껴지던 별이, 오늘 밤엔 그 어느 하나가 꼭 어머니일 것 같습니다. 오른쪽 눈에는 어머니별, 왼쪽 눈에는 누이의 별이 보이길 바랍니다. 두 작품에 나오는 목동이나 아홉 살 소년이나 모두 별을 바라보며 위안을 얻습니다.

특히 어린 시절의 기억이나, 힘겨운 현실 속에서 '별'은 희망과 동경, 잃어버린 순수의 상징으로 제시됩니다. 황순원 선생의 담담하고 절제된 문장은 인물의 내면을 과장 없이 드러내며, 독자로 하여금 잔잔한 슬픔과 따뜻한 연민을 느끼게 합니다.

알퐁스 도데의 「별」은 낭만적 사랑의 상징에 가깝고, 황순원의 별은 삶을 견디게 하는 희망의 표지에 가깝다고 봅니다. 별이 한순간의 아름다운 추억으로 남아 마음을 적시고, 고단한 현실 속에서도 희망을 꿈꾸게 하는 마음의 등불로 남는다는 점입니다.

인간의 사랑도, 꿈도, 희망도 때로는 닿을 수 없을 만큼 멀게 느껴지기에 별처럼 빛나는 것이 아닐까 생각합니다. 누군가 그랬지요. 마음이 외로울 때 별을 바라본다고요~ 마음속 그리움이 가득할 때 고개 아프도록 하늘을 바라보며 별을 센다고요~ 이렇게 밤하늘을 올려다보는 것은 내면의 흐름이라 이해됩니다.

별 이야기가 나왔으니 신경림 선생의 「별」을 낭독해 봅니다.

나이 들어 눈 어두우니 별이 보인다.
반짝 반짝 서울 하늘에 별이 보인다.
하늘에 별이 보이니 풀과 나무 사이에 별이 보이고
풀과 나무 사이에 별이 보이니
반짝 반짝 탁한 하늘에 별이 보인다.
눈 밝아 보이지 않던 별이 보인다.

눈이 밝을 때 보이지 않던 별이, 눈이 어두워지니 보인다는 의미가 와 닿습니다. 시인의 시가 특별하지만, 특별한 언어가 특별한 것이지 사실은 우리의 삶 자체가 특별한 시와 같을지도 모릅니다.

권력의 그림자와 인간의 허상
— 아큐정전의 아큐와 완장의 종술 비교 평론

중국 문학의 대표작 「아큐정전」의 루쉰(1881~1936)과, 한국 현대소설 「완장」의 작가 윤흥길 교수님(1942~. 전북 정읍 生)은 다른 문화권에 속해 있지만, 인간의 속물성과 권력 심리를 매우 날카롭게 포착했다는 점에서 흥미로운 공통점을 보입니다.

두 작품의 주인공인 '아큐'와 '종술'을 비교해 보겠습니다. 이들의 행동에는 왜곡된 욕망이 극명하게 드러납니다. 먼저, 아큐는 사회적으로 가장 낮은 위치에 있는 떠돌이 농민입니다. 그는 늘 사람들에게 모욕과 구타를 당하면서도 현실의 패배를 인정하지 않습니다.

아큐는 미장공 품팔로 생계를 이어갑니다. 집도 없고 사회적 지위도 없습니다. 사람들은 그를 업신여기며 조롱합니다. 그럴 때마다 스스로를 위로합니다. '나는 사실 그들보다 위다', 그냥 마음속에서는 승리했다고 믿는 것입니다. 그 유명한 '정신승리'의 기원입니다.

「완장」의 인물 종술은 또 다른 형태의 인간성을 보여줍니다. 종술은 저수지를 관리하는 사소한 일을 맡게 되면서 파란 글씨가 적힌 감시원 완장을 차게 됩니다. 그 완장은 사실상 아무것도 아닌 서푼도 안되는 상징에 불과하련만, 종술에게는 마치 절대적 권력처럼 느껴집니다.

완장을 차고 동네와 시장을 돌아다니며 사람들을 호령하고, 저수지 출입을 통제하며 권력을 행사합니다. 심지어 고용주인 최 사장의 일행까지 막아서다가 자리를 잃고 맙니다. 윤흥길 선생은 이 과정을 통해 사소한 권력에 취해 인간이 얼마나 쉽게 오만해질 수 있는지를 날카롭게 보여 줍니다.

작중에 두 인물은 겉으로 보기에 서로 다른 성격을 지닌 것처럼 보입니다. 아큐는 비굴하고 자기기만적인 인물이며, 종술은 권력에 도취된 오만한 인물입니다. 그러나 조금 더 깊이 들여다보면 두 사람은 동일한 근원에서 출발하고 있습니다. 그것은 무력한 인간이 자기 존재를 지탱하기 위해 만들어 내는 왜곡된 심리입니다.

아큐는 현실의 패배를 견디지 못해 정신승리라는 방식으로 자존심을 지키려 합니다. 종술은 반대로 아주 작은 권력을 붙잡고 그것을 과장함으로써 자신을 중요한 존재로 만들고자 합니다. 결국 두 인물 모두 자신의 열등한 현실을 인정하지 못하고, 다른 방식으로 그것을 덮으려 한다는 점에서 닮아 있습니다.

또한 두 작품은 권력의 본질을 풍자한다는 점에서도 공통된 의미를 지닙니다. 「아큐정전」에서는 사회적 약자가 아무런 보호장치도 없는 데다 무지에다 비굴하기까지 하니 결국 누명을 쓰고 소멸되는 결론입니다.

「완장」에서는 하찮은 권력이 인간의 인격을 얼마나 쉽게 변질시키는지가 묘사됩니다. 하나는 굴욕을 합리화하는 인간의 정신 구조를 비판하고, 다른 하나는 권력을 휘두르고 싶어 하는 인간의 속물성을 비판합니다. 두 작품 모두 인간 사회 속에 자리 잡은 허위의식과 권력 구조를 드러내는 데 목적이 있습니다.

아큐와 종술은 각자의 모습으로 인간 심리 일부를 드러냅니다. 인간은 때로는 굴욕을 합리화하며 스스로를 속이기도 하고, 때로는 보잘것없는 권력을 붙잡고 세상을 지배하려 하기도 합니다. 모두 현실과 진실을 외면하는 점에서 본질적으로 다르지 않습니다.

시대와 국경을 넘어 인간의 속성을 통찰한 작품이라 할 수 있습니다. 루쉰과 윤흥길 작가 모두 각각 다른 방식으로 인간의 허위와 권력 욕망을 드러내며, 독자에게 묻고 있습니다. 우리는 과연 아큐처럼 스스로를 속이며 살아가고 있는지, 아니면 종술처럼 작은 완장 하나에 마음을 빼앗긴 채 살아가고 있는 것은 아닌지 말입니다.

욕망과 만족의 윤리

– 강희맹 등산설과 톨스토이 바보 이반의 비교 평론

 문학은 시대와 문화가 다르더라도 인간 삶의 본질을 통찰한다는 점에서 공통된 문제의식을 드러내곤 합니다. 조선 전기의 문신이자 문장가인 강희맹의 『훈자오설』중 「등산설」과 러시아의 대문호 레프 톨스토이의 작품 「바보 이반」을 비교해 보겠습니다.

 두 작품은 매우 다른 역사적·문화적 배경 속에서 창작되었지만, 인간의 욕망과 삶의 태도를 성찰한다는 점에서 공통된 윤리적 메시지를 제시하고 있습니다. 먼저 「등산설」은 세 인물이 산을 오르는 과정을 통해 인간의 품성을 드러낸 우화적 글입니다. 내용을 보겠습니다.

 갑·을·병 세 사람이 등장합니다. 평소 날쌘 인물인 병은 자신감이 넘쳐 가장 먼저 산을 오르기 시작하지만, 지나친 자만으로 인해 중간에 쉬기를 반복하다가 결국 해가 져 정상에 이르지 못하고 내려오게 됩니다. 두 번째 인물인 을은 성실하게 산을 오르지만, 길가의 꽃과 아름다운 풍경에 마음을 빼앗겨 자주 걸음을 멈춥니다. 결국 그는 산중의 동굴에서 밤을 맞이하게 됩니다.

 반면 다리가 불편했던 갑은 자신의 능력을 잘 알고 있었기에 무리하지 않고 한 걸음씩 꾸준히 산을 오릅니다. 그 결과 세 사람 가운데 유일하게 정상에 도달하게 됩니다. 이 서사는 인간의 성공을 좌우하는 것이 능력이나 속도가 아니라 자기 인식과 절제된 태도임을 상징적으로 보여줍니다.

톨스토이의 「바보 이반」 역시 세 형제를 통해 인간 사회의 가치관을 비판적으로 조명합니다. 큰형은 용맹한 군인으로 전쟁에서 큰 공을 세우며 높은 지위와 명성을 얻게 됩니다. 둘째 형은 뛰어난 지능과 계산 능력을 바탕으로 사업에 성공하여 막대한 부를 축적합니다. 막내 이반은 시골에서 농사를 지으며 소박하게 살아갑니다. 그는 욕심이 없고 세속적인 경쟁에도 관심이 없기 때문에 주변 사람들에게 '바보'라는 평가를 받습니다.

시간이 흐르면서 두 형의 삶은 점차 파국적인 방향으로 전개됩니다. 전쟁에서 공을 세운 큰형은 명성을 얻지만, 그 과정에서 수많은 사람들의 죽음과 원망을 떠안게 됩니다. 둘째 형 역시 끊임없는 이익 추구 속에서 타인을 속이고 속임을 당하며 결국 누구도 신뢰할 수 없는 불안과 불신 속에 살아가게 됩니다. 반면 이반은 변함없이 농사를 지으며 평온한 삶을 유지합니다. 결국 몰락한 두 형은 이반을 찾아오고, 이반은 아무런 원망 없이 그들을 받아들여 함께 살아갑니다.

작품의 서사 구조는 공통으로 세 인물을 대비시키는 방식을 취하고 있습니다. 「등산설」에서는 능력과 속도를 자랑하는 병, 외부의 아름다움에 마음을 빼앗기는 을, 그리고 자신의 한계를 인식하고 꾸준히 나아가는 갑이 등장합니다.

「바보 이반」에서는 권력과 명성을 상징하는 군인 형, 부와 계산을 상징하는 상인 형, 소박한 노동과 순박함을 상징하는 막내 이반이 대비됩니다. 이러한 대비 구조는 인간 사회가 일반적으로 높이 평가하는 가치와 능력, 명성과 부가 반드시 참된 행복을 보장하지는 않는다는 사실을 드러냅니다.

「등산설」에서 강조하는 것은 욕망에 대한 성찰입니다. 병의 실패는 능력 부족이 아니라 과도한 자신감에서 비롯되었고, 을의 좌절 역시 외부의 유혹에 마음이 흔들린 결과입니다. 마찬가지로 「바보 이반」에서 두 형의 몰락은 명성과 부에 대한 끊임없는 욕망에서 비롯됩니다.

톨스토이는 작품 속에서 악마들이 착한 이반을 타락시키려 합니다. 결국 실패하는 장면을 통해 인간을 파괴하는 가장 큰 요인은 외부가 아니라 내면의 욕심임을 상징적으로 제시합니다. 살아가는 이야기는 동서양 막론하고 비슷한가 봅니다. 서로 다른 문화권의 산물이지만 유사한 윤리적 결론을 보면 그렇습니다.

자기 삶을 안정시키는 것은, 자기 분수에 대한 인식과 만족입니다. 「등산설」에서 정상에 오른 인물은 가장 빠른 사람이 아니라 자신의 형편에 맞게 걸음을 조절한 갑이었습니다. 「바보 이반」에서도 결국 평온한 삶을 유지하는 인물은 막냇동생 이반이었습니다. 두 작품은 독자에게 근본적인 질문을 던집니다.

"과연 누가 진정한 바보인가?"

세상의 잣대로 보면 권력과 부를 얻지 못한 이반이 바보처럼 보일 수 있습니다. 그러나 작품의 결말은 오히려 욕망에 사로잡혀 파국을 맞이한 두 형의 삶이야말로 진정한 어리석음일 수 있음을 암시합니다. 결국 두 작품이 공유하는 사상적 메시지는 인간의 행복이 외적 성취가 아니라 내면의 평온과 만족에서 비롯된다는 점입니다.

궁극적으로 강조하는 삶의 태도는 다음과 같은 한 문장으로 요약될 수 있을 것입니다.

"지금 삶이 이 정도면 충분하다."

경쟁과 욕망이 지배하는 현대 사회를 살아가는 우리지만 내면에서 가만히 들여다볼 내용입니다. 결국 인간을 무너뜨리는 것은 세상이 아니라 욕망이며, 인간을 지키는 것은 능력이 아니라 욕심이라는 것이 두 소설의 주제라 하겠습니다.

다른 시대, 같은 삶의 물음

- 작은 아씨들과 김약국의 딸들

미국 작가 루이자 메이 올컷의 대표작 「작은 아씨들」은 네 자매가 성장해 가는 과정을 따뜻하게 그린 작품입니다. 가난하지만 서로 사랑하며 살아가는 마치 가정의 이야기가 중심을 이룹니다. 장녀 메그는 가정적인 삶을 꿈꾸고, 둘째 조는 작가의 꿈을 품은 독립적인 성격의 인물이며, 셋째 베스는 조용하고 착한 마음을 지닌 소녀이고, 막내 에이미는 예술적 재능과 현실적인 감각을 지닌 인물입니다.

이 작품은 남북전쟁 시기의 미국 사회를 배경으로 하지만, 전쟁의 비극보다 가족의 사랑과 인간적 성장에 초점을 맞추고 있습니다. 어려운 환경 속에서도 서로를 이해하고 돕는 자매들의 모습은 독자들에게 따뜻한 감동을 줍니다. 결국 이 소설은 가족애와 인간의 성숙을 이야기하는 성장 소설이라 할 수 있습니다.

박경리 선생의 장편소설 「김약국의 딸들」은 전혀 다른 분위기입니다. 경남 통영을 배경으로 한 김약국집 네 딸의 삶으로 한 가문의 몰락과 시대의 비극을 보여줍니다. 김약국집은 한때 부유한 집안이었지만, 시대의 격랑 속에서 점차 몰락해 갑니다. 네 딸은 각기 다른 운명을 살아가는데 공통으로 가부장적 사회와 운명의 굴레가 드리워져 있습니다.

사랑과 결혼, 가족과 사회적 현실 속에서 그들의 삶은 쉽지 않은 길을 걸어갑니다.

두 작품은 모두 여러 자매의 삶을 중심으로 전개되는 이야기라는 점에서 닮아 있습니다. 또한 여성들이 가족과 사회 속에서 어떻게 성장하고 살아가는지를 보여준다는 점에서도 공통점이 있습니다. 그러나 작품의 분위기와 주제는 크게 다릅니다.

「작은 아씨들」이 따뜻한 가족애와 희망을 중심으로 한 성장 이야기라면, 「김약국의 딸들」은 현실의 무게 속에서 흔들리는 인간의 운명을 사실적으로 보여주는 작품입니다. 미국 중산층 가정의 작은 아씨들은 개인의 꿈과 노력으로 삶을 개척할 가능성이 보입니다. 김약국의 딸들은 사회 구조가 개인의 삶에 깊이 영향을 미치는 모습입니다.

차이가 있다면 두 나라가 처했던 역사적 상황과 문화적 환경이라는 점입니다. 하지만 푸시킨의 시어처럼 삶이란 언제나 힘든 것, 아무리 서럽고 혹독한 상황보다 그런 환경을 딛고 자기 운명을 개척해 나가려는 자세를 말하고 싶은 점이 주제라고 봅니다

문학이 얼마나 다양한 방식으로 인간의 삶을 비추는지 새삼 느낍니다. 이렇게 어려운 세월의 강을 건너야 하는 사람들이 있다는 것, 어려움 속에서도 서로를 사랑하는 가족의 따뜻함이 있다는 것, 이것이 운명이려니 순응하며 겪는 고통과 갈등이 있다는 것, 보고 느끼며 독후에 다짐을 불러오게 만듭니다.

어진이 자매도 다섯에서 출발하였습니다. 첫째가 일찍 떠나서 지금 큰언니가 첫째가 되었습니다. 오순도순 푸른 꿈을 키우며 살았습니다.

중도에 둘째와 셋째가 서러운 기억을 남긴 채 떠났습니다. 그렇게 떠날 줄 몰랐습니다. 남은 자매 둘이서 서로 애잔하게 바라봅니다. 남은 세월은 긍정의 이야기를 좀 더 길게 쓰고 싶은 마음으로 말입니다.

문학이 전하는 깨달음입니다. 여러 나라와 시대의 이야기를 읽으면서, 공통된 삶의 모습을 발견합니다. 문학은 국경을 넘어 인간의 삶을 서로 이해하게 하는 가장 따뜻한 다리가 아닐까 하는 생각 말입니다.

어딘가 닮은 두 여인
– 제인 에어와 봉순이 언니

문학을 읽다 보면 작품 속 인물 설정이 작가의 상상력과, 시절이 함께 길러낸 존재라는 점을 발견합니다. 문학은 시대의 거울이며, 인간의 삶을 통해 시대의 얼굴이라는 의미라 하겠습니다. 영국 소설 「제인 에어」와, 우리나라 소설 「봉순이 언니」를 비교해 봅니다.

다른 나라와 다른 시절에 태어난 작품이지만, 두 작품 속 여인의 삶은 현실을 반영하고 있기 때문입니다. 내용을 보겠습니다.

19세기 영국 소설 「제인 에어」 주인공 고아 소녀 제인은 가난과 차별을 견디며 자신의 존엄을 지키려 합니다. 사랑 앞에서도 양심과 자존을 먼저 선택하는 제인의 모습은 당시 여성들이 꿈꾸던 인간다운 삶의 갈망을 보여 주는 상징이라 하겠습니다.

공지영 작가의 「봉순이 언니」는 우리나라 산업화 시대의 이야기입니다. 어린 나이에 도시로 올라와 남의 집 식모로 살아가는 봉순이의 모습은 당시 사회가 안고 있던 빈곤과 계층 구조의 그림자를 보여 줍니다. 봉순이는 특별히 꿈을 말하지도 않습니다. 그저 시키는 대로 일을 하는 것뿐입니다. 이런 삶 속에서 우리는 그 시절 그런 누이들의 서러운 모습을 만나게 됩니다.

두 작품을 함께 바라보면 차이가 보입니다. 제인은 자신의 삶을 스스로 선택하려는 인물입니다. 사랑도, 떠남도, 귀환도 스스로 결정합니다. 개인의 의지와 자존을 강조하는 서구 근대 사회의 가치와 맞닿아 있습니다.

봉순이의 삶은 선택이나 극복보다 환경에 끌려다닙니다. 가난 때문에 어린 나이에 노동을 시작하고, 가장 낮은 자리에서 견딥니다. 개인의 의지보다 시대와 환경 조건에 더 크게 영향을 받습니다.

이 지점에서 문학이 시대를 어떻게 반영하는지를 알게 됩니다. 두 작품 모두 약한 존재의 삶을 통해 인간의 존엄을 묻습니다. 제인은 가난 속에서도 스스로를 존중하려 했고, 봉순이는 어려운 삶 속에서도 따뜻한 인간성을 잃지 않습니다.

나라와 시절은 다르지만 인간의 마음은 크게 다르지 않습니다. 문학을 시대 반영의 관점에서 읽는다는 것은 작품 속에서 지난 시간을 살아가던 사람들의 숨결과 감정을 읽는 일입니다.

「제인 에어」를 통해 19세기 영국 여성의 자존을 생각하게 되고, 「봉순이 언니」를 통해서는 산업화 시대 한국 사회의 가난한 이웃을 떠올리게 됩니다. 문학은 시대가 남긴 기억의 기록입니다. 책 속 인물들은 한 시대를 살았던 우리 선대요, 오늘을 만들어준 분들입니다.

저 멀리 영국 그 시절엔 봉순이 언니와 비슷한 인물이 있었다는 것을 독서가 아니라면 어떻게 알겠습니까! 개발도상국을 건너갈 무렵 봉순이 언니와 같은 삶을 살다 간 선배가 있었다는 것을 알면서 또 알아갑니다. 오늘 내 모습은 후대 어느 길목에 어떤 모습으로 그려질까 가늠하며 다짐도 합니다.

파수꾼의 역할

– 이강백과 셀린저의 파수꾼

이강백(1947~, 우리나라 극작가) 희곡 「파수꾼」은 1970년대 한국 사회의 체제 유지를 위한 안보 논리와 권력의 구조를 비판적으로 풍자하는 작품입니다. 양치기 소년 우화를 변형해, 실제로는 존재하지 않는 이리 떼를 경계하며 마을을 지키는 파수꾼들의 설정을 통해 현대 사회의 집단 심리와 권력의 속성을 비유하고 있습니다.

미국 작가 셀린저의 대표작에도 파수꾼이 나옵니다. J. D. 셀린저의 「호밀밭의 파수꾼(The Catcher in the Rye)」도 '파수꾼(지키는 사람)'이라는 말을 담고 있지만, 그 의미와 방향은 사뭇 다릅니다. 그러나 두 작품 모두 '무엇을 지키려 하는가'라는 질문을 통해 인간과 사회를 성찰한다는 점에서 맥락을 같이합니다.

먼저 이강백의 희곡 「파수꾼」은 부조리한 권력 구조 속에서 거짓의 적을 만들어 냅니다. 그 거짓을 유지하기 위해 진실을 억압하는 사회를 풍자합니다. 마을에는 실체조차 분명하지 않은 '이리'가 존재한다고 믿고, 파수꾼은 그 이리를 감시한다는 명목으로 긴장과 공포를 유지합니다.

여기에 세 명의 파수꾼이 등장하는데 '다' 파수꾼은 이리의 실체가 없다는 것을 깨닫습니다. 촌장은 질서를 위해 거짓도 필요하다며 '다'에게 침묵을 강요합니다. 개인이 어떻게 집단의 논리 속에서 길들여지고, 진실보다 질서를 택하게 되는지를 보여 주는 장면입니다. 여기 파수꾼들은 사회 체제를 지키는 인물이지만, 동시에 허위의식의 공모자이기도 합니다.

반면 「호밀밭의 파수꾼」 주인공 홀든 콜필드는 전혀 다른 의미의 파수꾼을 꿈꿉니다. 그는 순수한 아이들이 절벽으로 떨어지지 않도록 지켜주는 '호밀밭의 파수꾼'이 되고 싶다고 말합니다. 이는 위선적이고 타락한 어른들의 세계로부터 아이들의 순수를 보호하고자 하는 소망의 표현입니다. 홀든은 학교와 사회, 어른들의 세계를 '가식적'이라고 비판하며 방황합니다. 그의 파수는 체제를 유지하기 위한 것이 아니라, 순수를 지키기 위한 저항적 몸짓입니다.

두 작품을 비교해 보면, 이강백 선생의 시나리오 파수꾼은 위에서 부여된 임무이며 집단 질서를 위한 감시입니다. 「호밀밭의 파수꾼」은 개인의 내면에서 비롯된 자발적 소망이며, 순수와 진실을 향한 갈망입니다. 두 작품 모두 공통으로 '불안한 시대'를 배경으로 합니다. 사회가 만들어 낸 허위와 모순을 드러내며, 개인의 고립과 갈등을 섬세하게 그려냅니다.

같은 제목 다른 주제 파수꾼을 살펴봤습니다. '지킨다는 것'의 의미를 다시 생각하며 우리는 무엇을 지키고 있는지, 혹은 무엇을 지킨다고 믿으며 살아가는지 돌아보게 됩니다. 지금까지 체면이나 관습, 익숙한 질서를 지키기 위해 진실을 외면하고 있지는 않은지 돌아봅니다. 가족을 지키며 동시에 내 안의 순수함과 양심을 지키려는 노력은 충분한지도 생각해 보게 됩니다.

우리 시대 진정한 파수꾼을 이야기해 본다면 누구라 말할 수 있을까요! 어떤 부류의 파수꾼이 이 시대를 지키고 보호하고 있을까요! 체제를 지키는 파수꾼인지, 순수를 지키는 파수꾼이 될 것인지. 혹은 진실을 지키는 또 다른 의미의 파수꾼이 될 것인지. 역사가 지속되는 유효한 주제라 하겠습니다.

· 제5부 ·

문학관 탐방기

작가의 길을 따라 걷다

문학관에는 그 작가의 삶과 한 시대의 기억이 고스란히 남아 있습니다.

그동안 여러 문학관을 찾아다니며 작가들의 흔적을 따라 걸었습니다.

책으로만 접했던 이야기가 펼쳐진 곳, 작품을 집필한 환경을 그대로 복사해 놓은 듯한 책상과 원고, 저서와 사진 앞에 서면, 같은 시대를 살아가는 듯한 묘한 감동이 밀려오곤 했습니다.

여기에 그동안 찾아간 문학관에서 보고 느낀 감동과 작가의 삶, 그리고 작품에 대한 생각을 함께 담았습니다. 작품이 쓰이기까지 살아온 작가의 환경과 창작의 고뇌를 알게 되면 감동하지 않을 수 없습니다.

컴퓨터가 있던 시절도 아닌, 오로지 원고지에 손글씨로 쓰고 또 쓰고 고쳐가며 완성된 작품입니다. 수년 수십 년에 달하는 집필 과정에서 정말 거룩한 인내심을 배웁니다. 이렇게 한 시대를 밝히는 명작이 되는지를 되새겨 보고자 했습니다. 작가의 숨결을 직접 느껴 보시기를 권합니다.

한 개 바위가 되리라
— 청마문학관

행복
ㆍㆍㆍㆍㆍㆍ

사랑하는 것은
사랑을 받느니보다 행복하나니라
오늘도 나는
에머랄드빛 하늘이 환히 내다뵈는
우체국 창문 앞에 와서 너에게 편지를 쓴다

행길을 향한 문으로 숱한 사람들이
제각기 한 가지씩 족한 얼굴로 와선
총총히 우표를 사고 전보지를 받고
먼 고향으로 또는 그리운 사람께로
슬프고 즐겁고 다정한 사연들을 보내나니

세상의 고달픈 바람결에 시달리고 나부끼어
더욱더 의지삼고 피어 흩클어진
인정의 꽃밭에서
너와 나의 애틋한 연분도
한방울 연연한 양귀비꽃인지도 모른다

사랑하는 것은
사랑을 받느니보다 행복하나니라
오늘도 나는 너에게 편지를 쓰나니
그리운 이여, 그러면 안녕!

설령 이것이 이 세상 마지막 인사가 될지라도
사랑하였으므로 나는 진정 행복하였네라

　청마 유치환(1908~1967, 향년 58세) 경남 진남군 生. 통영공립보통학교 졸업. 연희전문. 국방대학원 졸업 통영여중 국어교사 재직. 작품으로 「깃발」, 「생명의 서」, 「행복」, 「바위」, 「낙화」 등 다수가 국정교과에 수록되어 있습니다.

　청마 선생은 1908년 경남 진남군에서 태어나 통영공립보통학교와 연희전문을 거쳐 교육자의 길을 걸었으며, 통영여중에서 국어교사로 재직하며 창작에 매진했던 시인입니다. 향년 58세로 생을 마쳤지만, 남긴 시는 천여 편이 넘고 시집 또한 열 권이 넘을 만큼 왕성한 작품을 남겼습니다.

　문학관은 통영 바다가 한눈에 내려다보이는 언덕 위에 자리하고 있습니다. 이 풍경 하나만으로도 충분합니다. 계단을 오르다 보니 생가를 그대로 재현한 초가가 먼저 눈에 들어왔고, 바로 옆에는 청마의 문학관이 자리하고 있습니다. 바닷가의 푸른 물빛과 파란 하늘을 바라보며, 우체국 창가에 앉아 편지를 쓰고 시를 다듬었을 시인의 모습을 자연스럽게 연상됩니다.

청마의 작품 세계는 흔히 사랑과 그리움의 정서로 기억되지만, 전시를 둘러보며 사회 현실에 대한 날카로운 시선도 적지 않았음을 새삼 깨닫게 되었습니다. 제1공화국 시절의 정치 상황을 비판한 「개헌안 시비」, 그리고 정의감과 시대의식을 드러낸 장문의 글들은 당시 시국관이며 부조리에 담긴 분기를 보여줍니다.

"오늘 쌀값은 인민의 모가지를 천정에 달아매고
나라의 앞길은 안팎으로 어둡기만 하나니
먼 후일 오직 역사만이
너희의 곡직(曲直)을 단죄할 것이라 치더라도
쓸개 있거든 들거라
이 오탁(汚濁)의 도탄의 시궁창에서
끝끝내 인민만 우롱할 것이냐!"
……

개헌안 시비 中

흔히 분개할 때 쓰는 말이 있지요.
"너희가 그러고도 사람이라 하는가! 정치라 하는가! 하늘이 무섭지도 않는가! 역사가 심판할 것이다!"
공감의 말입니다. 청마의 단호한 음색으로 쓰인 시를 보며, 역시 시인의 감성과 정의로움과 시인의 윤리를 생각합니다. 개인적으로 청마 선생의 「깃발」을 자주 암송합니다. 내용을 보겠습니다.

깃발

이것은 소리 없는 아우성
저 푸른 해원(海原)을 향하여 흔드는
영원한 노스탤지어의 손수건
순정은 물결같이 바람에 나부끼고
오로지 맑고 곧은 이념의 푯대 끝에
애수는 백로처럼 날개를 펴다.
아! 누구던가!
이렇게 슬프고도 애달픈 마음을
맨 처음 공중에 달 줄을 안 그는.

깃발을 소리 없는 아우성이라고 했습니다. 영원한 향수의 손수건에 비유했습니다. 은유, 직유, 도치법에 시각적 청각적 심상이 다 동원된 울림 있는 시, 어렵지 않게 이해되는 멋진 시입니다. 터질 듯 강력한 파장을 이끌어 내는 펄럭이는 깃발의 소리 없음에서, 호방한 남성의 침묵을 느낍니다. 소리 없는 울부짖음입니다. '깃발' 안에 애수가 있고 순정이 있고 손수건이 있고 애달픈 백로의 날갯짓이 있습니다. 여린 여성적 애틋함까지 함께하는 청마 선생의 시적 감각에 감탄하지 않을 수 없습니다.

이렇게 교과서에 수록된 작품들 외에, 시대와 정면으로 마주했던 지식인의 모습이 또렷하게 볼 수 있는 것 역시 현장 답사입니다.

청마 선생의 삶에서 빼놓을 수 없는 이야기가 바로 이영도 여사에게 보냈던 수많은 편지입니다. 20여 년 동안 이어진 오천여 통의 연서는 시인의 사후 공개되어 서간문으로 묶었다고 합니다. 이루어질 수 없었던 감정의 기록이 오랜 세월이 지나서도 사람들의 마음을 건드리는 이유는, 아마도 인간적인 고뇌와 순수한 열정이 진솔하게 담겨 있기 때문일 것입니다. 언젠가 '사랑하였으므로 행복하였네라'를 손에 넣게 된다면, 이곳에서 느꼈던 감정들을 떠올리며 읽어보고 싶습니다.

저항과 자유의 상징

– 이육사문학관

광야(曠野)

까마득한 날에
하늘이 처음 열리고
어데 닭 우는 소리 들렸으랴

모든 산맥들이
바다를 연모해 휘달릴 때도
차마 이곳을 범하던 못하였으리라

끊임없는 광음(光陰)을
부지런한 계절이 피어서 지고
큰 강물이 비로소 길을 열었다

지금 눈 내리고
매화 향기 홀로 아득하니
내 여기 가난한 노래의 씨를 뿌려라

다시 천고의 뒤에
백마 타고 오는 초인이 있어
이 광야에서 목 놓아 부르게 하리라

절망 위에 세운 민족의 의지 「광야」는 민족의 운명과 시인의 신념을 그려낸 작품입니다. 식민지 현실 속에서 모든 것을 빼앗긴 민족의 황량한 현실이자 동시에 새 역사를 준비하는 정신의 공간으로 해석합니다. 그토록 갈구한 독립을 앞두고 옥사한 애국정신이 거룩하고 애석합니다.

"까마득한 날에 하늘이 처음 열리고"는 태초의 처음 시간을 소환합니다. 현재의 고통스러운 현실을 넘어, 민족의 기원으로 돌아가고자 하는 의지입니다. "모든 산맥들이 바다를 연모해 휘달릴 때도" 어떤 목표를 향해 나아가는 역동성을 지니고 있음을 암시합니다.

어찌할 수 없는 시절, '백마 타고 오는 초인'을 기다리는 심정입니다. 영웅이라는 한 인물이라도 좋고, 민족을 구원할 새로운 시대적 각성의 상징으로 봐도 좋겠습니다. 구원은 외부에서 주어지는 것이 아니라, 고통을 견디며 스스로를 단련한 이들에게서 비롯된다는 말입니다.

이육사(1904~1944)는 경북 안동에서 태어나, 젊은 시절부터 독립운동에 투신한 지사(志士)입니다. 본명은 이원록, '이육사'는 실제 이름이 아니라, 일본 경찰에 체포되었을 때의 수인 번호 '264'에서 비롯된 것이라고 전해 옵니다. 퇴계 선생의 14대 후손으로 전통적 유교관이 남달랐다는 것이 생애가 증거합니다.

경북 안동시 도산면 원천리(백운로 525) 이육사 문학관입니다. 전시관 옆에 생가 당호(堂呼)가 육우당(六友堂)입니다. 형제가 여섯이라는 의미입니다. 육사 선생은 둘째이고 형이 육우당이라는 명칭을 정했다고 합니다. 육사 선생은 독립운동과 관련해서 검거와 옥살이를 17번이나 당했습니다. 형과 동생도 조선은행 폭파 사건과 연루되어 옥고를 치렀습니다.

이육사의 시들은 대체로 강인하고 직설적이며, 절망적인 현실을 고발하면서도, 반드시 도래할 '새날'을 노래합니다. 청포도에 등장하는 손님도 광야의 초인과 같은 맥락으로 이해됩니다. 지금은 비록 춥고 괴롭지만 매화꽃 피어나고 초인이 오리니… 희망의 씨를 뿌리자는 어쩌면 절규입니다.

아무런 대안없이 표류하는 심정과, 광야 같은 현실 속에서도, 끝내 미래를 포기하지 않겠다는 결기입니다. 눈부신 발전을 이루어 세계문화 강국에 이른 시점에도 여전히 초인이 그리운 시절입니다. 황량함 속에서 더욱 단단한 믿음과 의지를 길러낸 이육사의 초인 같은 정신이, 지금 우리에게도 필요하다 여깁니다.

추모되는 기억이 아닌 살아 격돌하는 현재

– 신동엽문학관

껍데기는 가라

껍데기는 가라.
사월도 알맹이만 남고
껍데기는 가라.

껍데기는 가라.
동학년(東學年) 곰나루의, 그 아우성만 살고
껍데기는 가라.

그리하여, 다시
껍데기는 가라.
이곳에선, 두 가슴과 그곳까지 내논
아사달 아사녀가
중립의 초례청 앞에 서서
부끄럼 빛내며
맞절할지니

껍데기는 가라.

한라에서 백두까지

향그러운 흙가슴만 남고

그, 모오든 쇠붙이는 가라.

신동엽 문학관은 충청남도 부여군 부여읍 신동엽길에 위치합니다. 시인 신동엽(1930~1969)을 기리는 이곳은 초가집과 돌담으로 지어진 생가가 그대로 복원되어 있습니다. 북카페가 예쁘게 자리 잡고, 곁에 나란히 있는 문학관에는 시인의 생애를 구성하는 각종 유품과 자료들이 전시되어 있습니다. 특히 문학관이 부여 3대 건축물로 꼽힐 만큼 특별하여 건축가들의 답사가 이어진다고 합니다.

작가의 대표시 「껍데기는 가라」는 교과에 수록되어 있습니다.

광복 이후 우리 사회가 겪은 혼란과 분열, 그 속에서 상실된 인간적 본질을 회복하고자 하는 강한 염원을 주제로 봅니다. 형식적인 해방과 겉모습만 남은 현실을 비판하며, 진정으로 남아야 할 가치를 말합니다.

'껍데기'는 거짓과 위선, 형식만 남은 제도와 권력, 외세에 기대어 왜곡된 현실을 상징합니다. 여전히 남아 있는 부조리한 구조와 분단 현실, 선량한 삶을 가로막는 모든 허위를 의미합니다. 시인은 이러한 껍데기를 과감히 버려야 한다고 외칩니다. 그 자리에 민중의 삶, 사랑, 연대, 자유와 같은 본질적인 가치가 남아야 한다는 주장입니다.

명령형 어조와 반복적인 표현을 사용하여 독자에게 강한 호소력을 전달합니다. 감정의 토로 속에 우리 시대를 향한 선언이자 행동을 촉구하는 목소리입니다. 개인의 문제를 넘어 공동체와 역사 전체를 바라보는 시선입니다. 작가는 민중과 함께 말하고 민중을 대신해 외칩니다.

아사녀 아사달이 중립의 초례청에서 맞절하겠으니 모든 껍데기는 날아가 버리고, 모든 쇠붙이도 가버려라~ 오로지 향그러운 흙가슴만 남아서 옛 시절부터 살아온 우리 민족의 시절로 이어가자는 마음이 문자로 새겨진 것뿐입니다. 작가 나름 민족의 통일을 염원하는 것입니다.

누가 남북을 나누어 놓았는가! 남북 분단은 누구를 위한 결정인가? 누가 원했던 말인가! 남북 체제를 놓고 막힘없이 말할 수 있는 시절이 아니었습니다. 소위 껍데기와 쇠붙이에 해당하는 기득권의 눈에는 곱지 않은 시선입니다. 도둑이 제 발 저리는 상황에서 적반하장이 나타납니다.

「껍데기는 가라!」, 「누가 하늘을 보았다 하는가!」 제목만으로도 시대의 폭력과 충돌하는 느낌이 듭니다. 불온하다는 검열에 의해 금서가 되었던 작품들이 민주화 이후, 드디어 교과에 당당히 수록된 것입니다. 유순한 외면에 내적 강함을 외유내강이라 하지요. 그 사람입니다.

진정한 변화란 겉모습을 바꾸는 데서 오는 것이 아니라, 가치와 태도의 변화에서 시작된다는 사실입니다. 이 작품은 시대를 넘어 어느 시절이라도 대입하고 반복해서 읽힐 가치가 있습니다. 지금은 어떻습니까!

"지금 껍데기는 무엇인가" 반문과 성찰이 녹아있는 주제입니다.

문학관을 탐방할 때마다 비슷한 마음입니다. 책에서 읽은 내용을 다시 보는 것입니다. 이미 인지한 내용을 복습하듯 확인하는 것입니다. 작가의 생애를 돌아보며 감동과 깨달음을 얻는 것입니다. 최종적으로 자신을 들여다보며 후학과 동료와 공감하고자 하는 것입니다.

사양들 마시고 지나 오가시라. 없는 듯 비워둔 나의 자리…

시인의 말, 시인의 기록, 시인의 기다림입니다.

해학 속에 담긴 농촌 이야기

- 김유정문학촌

　김유정문학촌은, 춘천시에서 작가의 생가를 복원하고 기념전시관과 부대시설을 마련한 것입니다. 작품 무대인 실레마을에 문학산책로를 조성하여 2010년 1월부터 민간위탁하여 ㈜김유정기념사업회가 운영하다가 2020년부터 춘천문화재단이 운영하고 있습니다.

　김유정(金裕貞, 1908. 1. 11~1937. 3. 29)은 춘천 신동면 실레마을에서 2남 6녀 중 차남으로 태어납니다. 일곱 살에 어머니를, 아홉 살에 아버지를 여읜 뒤, 모성 결핍으로 한때 말을 더듬기도 했답니다. 연희전문학교 문과 입학했으나 기생 박녹주를 열렬히 구애하느라 학교 결석이 잦아두 달 만에 제적당합니다.

　이때 「미친 사랑의 노래」가 나옵니다. 명창 박녹주는 네 살 연상 연예인입니다. 이 철없어 보이는 풋내기 마음을 알아줄 리 없습니다. 학교도 마다하고 2년여 광적인 구애가 물거품이 됩니다. 받아주지 않는 연서를 석 달 동안 하루도 빠짐없이 씁니다. 찾아가고 기다리고 기다립니다.
　김유정의 스토킹은 점점 심해졌고 박녹주는 외출도 거의 하지 못할 지경에 이르렀습니다. 1928년 겨울의 어느 날에는 김유정이

> *"오늘 너의 운수가 좋았노라.*
> *그 길목에서 너를 기다리기 3시간,*
> *만일 나를 만났으면 너는 죽었으리라."*

라는 내용의 혈서를 보내기도 합니다.

이러한 스캔들은 경성 전국에 퍼지게 되었고 결국 참다못한 박녹주는 1929년 여름, 김유정을 다시 한번 집으로 불러서 "무슨 학생이 공부는 안 하고 편지질이오? 학생과 기생이 무슨 연애를 하자는 말이요? 학생이 이러면 나도 가슴이 아프오. 공부를 끝내면 다시 나를 찾아 주시오"라고 타일렀다고 합니다.

더러는 미친 사랑이 이루어지기도 하련만, 김유정의 일방적 순애보는 불발로 끝납니다. 이렇게 실연과 학교 제적이라는 상처를 안고 귀향합니다. 고향 실레마을에 '금병의숙'을 지어 야학과 농촌계몽을 벌이는 가운데 농촌 현실을 체험하게 되고 이를 배경으로 소설이 나옵니다.

조선중앙일보에 「노다지」로 가작 입상한 뒤 본격적인 작품활동을 하지만, 폐결핵과 치질 악화로 건강 상태가 최악에 이릅니다. 가세도 기울었습니다. 1937년 다섯째 누이 과수원집 토방에서 투병 생활을 하다가 휘문고보 동창인 안회남에게 편지를 쓰는 것으로 삶을 마감합니다.

"친구 필승(회남)아~ 미안하지만 어렵더라도 100원만 마련해달라. 그 돈이면 닭 30마리를 고아 먹을 수 있고 다른 보신으로 아픈 몸을 일으켜 세울 것만 같다"라는 부탁입니다. 3월 18일 자로 쓴 편지는 친구에게 부치지 못한 채 머리맡에 있었습니다.

그 시절 100원이 오늘에 가치로 얼마나 될까! 지금 이 마음이라면 선뜻 달려가 그를 일으켜 세우고 싶은 장면입니다. 3월 29일경, 스물아홉 나이입니다. 새벽 달빛 속에 하얗게 핀 배꽃 바라보며 무슨 생각을 했을까요! 어머니⋯ 어머니를 부르지 않았을까요! 어머니를 그리며 홀로 눈 감는 김유정을 그려보자니 가슴이 울컥합니다.

[어머니!~~ 저에게 지금 단 하나의 원(願)이 있다면 그것은 제가 어려서 잃어버린 그 어머님이 보고 싶사외다. 그리고 그 품에 안기어 저에 기운이 다할 때까지 한껏 울어보고 싶사외다⋯] 김유정이 부르는 마지막 미친 사랑의 노래는 어머니에 대한 아픈 그리움이라고 단정합니다.

동백꽃

김유정은 강원도 춘천의 부유한 가문에서 태어났으나, 어린 나이에 부모를 여의는 불운을 겪습니다. 연희전문학교 문과에 진학했으나 학업을 마치지 못하고 중퇴하였으며, 짧은 생애 동안에도 왕성한 창작 활동을 펼쳤습니다.

교과서에 수록된 「동백꽃」은 강원도 농촌을 배경으로, 소년과 소녀 사이에 피어나는 풋풋한 사랑과 갈등을 해학적으로 그린 작품입니다. 여기서 말하는 '동백꽃'은 흔히 떠올리는 붉은 겨울 동백(冬柏)이 아니라, 강원도에서 생강나무라 불리는 노란 산동백을 가리킵니다.

이 작품은 일인칭화자 '나'의 시점으로 전개됩니다.

'나'의 집은 소작농이고, 옆집 점순이네는 마름 집이라 두 집 사이에는 미묘한 신분적 거리감이 존재합니다. 이 때문에 '나'는 늘 위축된 마음으로 점순이를 대합니다.

어느 날 점순이는 감자를 건네며 "느그 집엔 이런 거 없지?"라고 말합니다. '나'는 이를 무시로 받아들이고, 괜히 자존심이 상해 감자를 거절합니다. 이때부터 점순이의 심술궂은 행동이 시작됩니다. 점순이는 자기네 닭과 우리 닭을 싸움 붙입니다. 매번 '나'의 닭은 피투성이가 됩니다. 속이 상한 '나'는 닭에게 고추장을 먹여 기운을 돋우려 하지만, 오히려 닭은 힘 한 번 제대로 쓰지 못하고 죽을 지경에 이릅니다.

분을 참지 못한 '나'는 결국 점순이네 닭을 작대기로 때려죽이고 맙니다. 그러나 곧 두려움에 사로잡혀 울음을 터뜨립니다. 이때 점순이는 이 일을 집에 알리지 않는 대신, 앞으로 자기 말을 잘 들을 것이냐고 묻습니다. '나'는 겁에 질려 순순히 항복합니다.

나는 점순이에게 떠밀려 동백꽃밭에 엉켜 넘어지고, 처음으로 알 수 없는 야릇한 감정이 싹틉니다. 동백꽃의 알싸한 향기 속에서 갈등은 풀리고, 풋사랑이 조심스럽게 시작됨을 암시하며 이야기는 끝납니다.

작품의 흥미로운 것은, 점순이의 모든 행동이 사랑의 표현이라는 사실을, 독자가 먼저 알아차리게 된다는 점입니다. 화자인 '나'는 이를 깨닫지 못하고, 점순이의 호의를 무시와 공격으로 오해하며 엉뚱한 분노를 키워갑니다. 이런 내용이 해학과 웃음을 만들어 냅니다.

동백꽃은 소년 소녀의 연애담을 넘어, 의사소통의 어긋남에 대해 생각하게 하는 내용입니다. 말과 행동은 화자의 의도와는 달리, 듣는 이의 처지와 마음 상태에 따라 전혀 다른 의미로 받아들여질 수 있습니다. 점순이의 호의는 '나'에게 오해가 되었고, 그 오해는 갈등과 상처가 될 뻔했습니다.

주변 우리의 삶에서도 흔히 목격되는 장면입니다.

진심이 곡해되고, 호의가 상처가 되는 순간들, 작가는 이야기를 통해, 인간관계에서 소통의 섬세함과 감정의 미묘함을 따뜻한 웃음 속에 담아 보여주고 있습니다.

봄봄
······

「봄봄」은 순수한 농민을 소설의 주인공으로 내세운 작품입니다. 실제로 김유정이 살았던 강원도 실레마을에는, 말로만 사위를 삼겠다고 약속하며 노동력만 부려 먹고 혼인을 미루던 '봉필 영감'과 같은 인물이 있었다고 합니다.

일인칭 서술자인 '나'의 이야기로 전개됩니다.

'나'는 마을의 마름 봉필 영감의 딸 점순이와 혼인하기로 약정된 데릴사위 후보로, 혼인을 조건으로 머슴살이를 하고 있습니다. 봉필 영감은 점순이가 아직 어리다며 "이만큼만 더 자라면 혼인시켜 주겠다"고 말하며 일을 시킵니다.

그러나 봉필 영감은 이런 방식으로 노동력만 착취한 전례가 많은 인물로, '나'는 벌써 세 번째 데릴사위 후보입니다. '나'는 하루빨리 점순이와 혼인하고 싶지만, 점순이의 키가 좀처럼 자라지 않는다는 이유로 혼사는 계속 미뤄집니다.

삼 년하고도 일곱 달이 지난 뒤에야, '나'는 애초부터 계약이 잘못되었음을 깨닫습니다. "딸이 자라는 대로 성례를 시켜주겠다"는 막연한 약속만 믿고 일만 해 온 것입니다. 그러던 중 친구의 부추김과, "맨날 일만 하면 뭐하누?” 하는 듯한 점순이의 묘한 태도에 자극을 받아, ‘나’는 결단을 내립니다. 관격(關格)이라는 병을 핑계 삼아 일을 거부합니다.

하지만 결과는 봉필 영감의 공감과 매질로 돌아옵니다. 이번만큼은 물러서지 않겠다고 마음먹은 ‘나’는 장인의 급소를 잡고 결사적으로 빨리 혼사를 치러 달라고 요구합니다. 그러나 예상과 달리 점순이가 달려들어 ‘나’의 귀때기를 잡아당기며 욕을 퍼붓는 것입니다. 봉필 영감은 지게막대기로 ‘나’를 후들겨 팹니다. ‘나’는 어안이 벙벙한 채 아무런 저항도 못 하고 얻어맞고 맙니다.

억울한 착취 구조 속에서도 끝까지 순진한 주인공의 모습입니다. ‘나’는 명백히 속고 있으면서도, 봉필 영감이 “올가을엔 혼인시켜 주겠다”는 말 한마디에 다시 희망을 품습니다. 계약의 부당함이나 구조적 모순을 끝내 인식하지 못하는 이 순수함이 작품의 해학이자 웃음의 원천입니다.

만무방

김유정의 소설 「만무방(萬無方)」이라는 제목의 뜻을 생각해 봅니다. 아무것도 없는 빈 방, 예의와 염치가 없는 뻔뻔한 사람, 아무렇게나 생긴 사람을 의미한답니다. 이를 통해 작품 속 인물의 고단함이 짐작됩니다. 내용을 보겠습니다.

1930년대 강원도 산골 마을 추수기입니다. 모두들 바쁘게 일하는데, 산에 돌아다니며 송이나 채취하는 응칠이는 모두가 기피하는 인물입니다. 원래 그런 사람은 없지요. 다섯 해 전만 해도 처자 있는 평범한 가장이자 농민이었는데 파산 후 그렇게 된 것입니다.

한때, 소작농으로 열심히 일했지만 세금에 소작료를 내고 나면 아무 것도 남지 않았습니다. 농사일을 할수록 빚만 늘어가니 야반도주를 감행합니다. 객지를 떠돌며 하는 일이 무엇이겠습니까! 도박과 절도로 전전하다 아우인 응오의 동네로 와서 무위도식하는 인물이 됐습니다.

응오는 순박하고 성실하지만, 가혹한 지주의 착취에 맞서 추수를 거부합니다. 이러한 상황에서 응칠은 응오 논의 벼가 도둑질당하고 있다는 사실을 알게 됩니다. 응칠은 전과자인 자신에게 지목될 혐의를 벗어나기 위해, 범인을 잡으려고 논 가까이 숨어 밤을 새우지요.

뭡니까! 깊은 밤중 격투 끝에 도둑을 잡고 보니, 범인은 이 논의 농사를 지은 동생 응오가 아닙니까! 제 논의 벼를 자기가 도둑질할 수밖에 없는 참담한 현실입니다. 도지(賭地)·장리(長利)·세금·부채 등, 가혹한 경제 압력 때문에 살기 힘든 농민의 부랑하는 삶입니다.

이야기를 통해서 식민지 농촌에 가해지는 제도의 가혹함과 피해 관계를 밝히는 한편, 제도가 몰아가고 있는 순진한 인간의 본능적인 반항입니다. 불가피한 생존의 문제, 궁지에 몰린 농촌 젊은이의 불건전한 일확천금의 꿈 등을 잘 표현하고 있습니다.

그러면서도 이 「만무방」은, 같은 시대에 많은 작품들이 지니고 있던 울분과 저항을 반어로써 처리하고 있는 것이 특징입니다. 시대 목적론적인 성격을 보이지 않으면서도 당대 현실을 탁월하게 형상화하였다는 점에서 긍정적인 평가를 받고 있습니다.

역사와 인간을 품은 대서사

– 박경리문학관

토지
......

박경리 선생의 작품입니다. 1897년(개항기 말기)부터 1945년 해방에 이르기까지, 50여 년에 걸친 한국 근대 현대사의 격동기를 최참판댁 가문의 삶을 통해 그려낸 대하소설입니다. 배경은 경상남도 하동 평사리이며, 이후 만주와 국내 서울 진주 일본 등으로 공간이 확장됩니다.

이 최씨 가문의 주인인 최치수는 5대 독자입니다. 원래 그렇지는 않았겠지만 여러 정황상 오만하고 냉혹한 성격의 인물로 변해갑니다. 그렇게 주변 인물들과 갈등을 빚다가 몰락의 길을 걷게 됩니다. 집안의 어린 손녀 서희 역시 모든 것을 잃고 몇 명 하인들과 세상을 향해 나아갑니다.

서희는 할머니가 남겨준 패물을 밑천으로 만주에서 새로운 터전을 일구고 잃어버린 땅과 삶의 주체성을 되찾으려 노력합니다. 이 과정에서 농민, 지식인, 포수 독립운동가, 상인 등 다양한 계층의 인물들이 등장하여 각자의 방식으로 시대의 폭력과 억압, 식민지 현실을 견뎌 냅니다.

'토지'라는 제목이 상징하듯, 이 작품에서 땅은 단순한 재산이 아니라 삶의 터전이자 정체성, 그리고 민족의 뿌리를 의미합니다. 땅을 빼앗긴다는 것은 곧 삶과 존엄을 빼앗기는 것이며, 다시 땅을 일군다는 것은 인간답게 살아가려는 의지의 표현임을 보여 줍니다.

「토지」는 개인의 삶의 터전이며 가문의 역사와 얼마나 깊이 맞닿아 있는지를 다시 한번 느끼게 되었습니다. 어떤 시대적 고난 속에서도 인간은 결국 살아가고 이어간다는 사실을 발견할 수 있습니다. 1969년부터 1994년까지 25년간 총 5부 25편으로 집필된 대하드라마입니다.

인물 중심으로 요약해 보겠습니다. 전체적으로 600여 명이 등장한다고 하는데 전부 기억하지 못하겠습니다. 먼저 서희는 「토지」 전체를 상징하는 중심인물입니다. 최참판댁의 손녀로 태어난 서희는 어린 나이에 가문의 몰락과 재산 상실이라는 큰 시련을 겪습니다.

동학혁명이 일어나는 난세에 복잡한 집안 문제와 전염병으로 서희 곁에서 힘이 되는 인물이 거의 사라지는 구조입니다. 만주로 건너간 이후에는 상업적 수완과 결단력을 발휘하여, 스스로 삶의 기반을 마련하고, 다시 돌아와서 결국 잃어버린 땅과 주체적인 삶을 되찾는 인물로 성장합니다.

길상은 최참판댁 하인이었으나 서희와 함께 성장하는 인물로, 누구보다 성실하고 의리가 깊은 인물입니다. 서희를 끝까지 따르며 고난을 함께 견뎌 냅니다. 길상은 자신의 현실을 묵묵히 지키면서 서희의 삶을 현실적으로 지탱해 주는 존재입니다. 나중에 서희와 혼인합니다.

최치수는 평사리 최참판댁의 실질적인 가주로, 오만하고 독선적인 성격을 지닌 인물입니다. 그는 자신의 권력과 지위를 절대적인 것으로 여기며 주변 사람들을 억압하지만, 결국 그 태도는 가문의 몰락과 자신의 죽음을 불러냅니다. 최치수는 봉건적 질서의 한계를 상징하는 인물로, 시대의 변화에 적응하지 못한 지배층의 모습을 보여 줍니다.

윤씨 부인은 최참판댁의 안주인으로, 전통적 가치관과 가문의 체면을 중시하는 인물입니다. 변화하는 시대 속에서도 옛 질서를 지키려 하지만, 결국 그 고집 또한 비극을 낳습니다. 윤씨 부인은 몰락해 가는 양반가 여성의 운명을 대표하는 인물이라 할 수 있습니다.

이 외에도 김훈장, 아주 못돼먹은 조준구, 이상현, 홍이, 월선, 임이네 등 다양한 인물들이 등장합니다. 다들 농민, 지식인, 상인, 천민, 독립운동 관련 인물 등으로, 서로 다른 계층의 삶을 보여 주며 그 당시 시대의 현실을 입체적으로 드러냅니다. 조선인의 유랑과 저항, 생존의 모습을 생생하게 보여 줍니다.

「토지」는 이처럼 수많은 인물의 삶이 얽히고 흩어지며 만들어 내는 이야기입니다. 토지에 등장하는 각각의 인물… 인물마다 삶의 애환과 연민의 정이 서려 있습니다. 이토록 긴 세월, 주변과 소통을 끊고 대작을 완성하기까지 박경리 선생의 마음가짐을 엿볼 수 있는 어록을 발췌합니다.

"작품(作品)이란, 한 작가의 정신적인 소산이라는 데 반대하지 않습니다. 하지만 완성된 인격의 소산이라고 생각하지도 않습니다. 오히려 인간적인 약점이 많거나 결핍이 있는 사람이 끊임없이 고통받으며, 어떤 규율에 벗어나고자 몸부림치는 불완전 상태에서 피나는 작품이 이룩되는 것으로 생각합니다."

그런대로 잘 있는 감성마을 촌장

– 이외수문학관

"날이 활짝 개어서 새파란 하늘색에 새하얀 뭉게구름이 눈부십니다. 어디 나들이를 가고 싶어도 감성마을 자체가 자연에 파묻혀 있어서 창문만 열어도 나들이 온 기분입니다. 일거리들이 밀렸는데도 한껏 게으름을 피우고 있습니다. 시간이 달콤합니다. 모든 계절은 사랑의 계절이라~ 봄, 여름, 가을, 겨울. 모두 사랑하기 좋은 계절일 뿐 이별하기 좋은 계절은 하나도 없습니다. 고작 65년을 살았는데 650번도 넘는 이별을 겪었습니다. 나를 떠나간 이들이여~ 안녕하신지요. 이외숩니다. 저는 그런대로 잘 있습니다."

그런대로 잘 있다는 감성마을 이외수 씨(1946~2022, 향년 75세)의 65세 때의 글 몇 구절처럼 강원도 화천고을은 잘 익은 천연색입니다. 할 일 미루고 어디론가 다녀오고 싶은 6월 어느 하루 새벽길을 달려 강원도 화천에 갔습니다. 이외수 씨를 동경해서가 아니라~ 화천지역을 눈여겨 두어서가 아니라~ 언제고 한번 꼭 가리라~ 마음먹어서도 아니라~ 그저 멀리~ 청성무구 지역이 그리워 떠난 곳이 그곳이고, 그곳이 삼성마을이고, 감성마을에 이외수 씨가 있습니다.

평소 동경하는 문학세계와 엇박자를 느끼나 일단 갔으니 문학공간을 둘러보고, 서적을 몇 가지 중, 『하악 하악』, 『절대강자』, 『아불류 시불류』, 『여자도 여자를 모른다』, 『청춘불패』, 『사랑외전』을 구입했습니다. 감성마을과 어울리는 감성적인 글이 보입니다. 더러 정제되지 않은 언어기에 거친 듯 솔직한 글입니다.

문학의 방향성을 보면 문학, 역사, 철학적인 이성적 훈련이라 하겠습니다. 시와 수필, 장·단편 문학과 자서를 의미하는 현대와 고전문학, 역사적 서사와 인생길을 조망하는 철학의 범주입니다. 보이지 않는 규격과 울타리를 벗어나기 불편한 이성적 양식입니다. 감성마을 촌장 이외수 작가께서는 이런 보이지 않는 규격을 과감하게 넘어서는 문장을 새겨주십니다.

어느 곳은 원문 그대로 입에 담기 불편도 합니다. 하지만 더러 배설문학이 필요하다고 하지요. 차마 말하지 못하는 거친 감성을 누군가 시원히 긁어주는 맛입니다. 시류를 짚어낸 심중 곳곳에서 젊은 다수를 움직인다는 의미를 알아채기 충분합니다. 그리하여 트위터 통령이라는 별칭이라니~ 내 입맛과 거리 있으나 언어의 별미가 분명합니다.

아름다운 산하 눈부신 햇살에 감성마을은 처녀림처럼 순수합니다. 달빛을 사모하여 지은 모월당에 달빛이 내리면 얼마나 아름다울지 단아한 건물이 짐작을 불러냅니다. 화천군정 세비에 비해 과한 투자를 한다는 것은 그만큼 작가에 거는 기대가 크리라~ 여론 찬반을 들으며 본인 심경은 얼마나 무거울지 일말 안쓰러운 느낌이 듭니다. 문학관 가운데 가장 아름다운 자연에 감탄을 내려놓고 풍경을 한껏 담아온 지 그새 스무날하고 엿새가 지나는가 봅니다.

참 외롭다

감성마을 촌장 이외수 님의 작품 중 「사랑외전」을 드문드문 펼칩니다. 서로 연결되지 않는 단문의 조합에서 이따금 별빛 같은 단어를 빌건합니다. 어느 순간에 '지독하게 외로울 뿐'이라는 부제에서 몇 장면을 골라냅니다.

* 허겁지겁 선착장에 당도해 보니 이미 일행이 떠났습니다. 저 멀리 떠나가 버린 배가 마지막 배라니~ 홀로 남아서 떠나가는 배를 바라보는 신경이 외롭다고 합니다. 배편이 아니라도 그런 경우가 있습니다. 일행을 놓치고 다음 상황이 막연해질 때, 막막한 경험이 되살아납니다.
* 글을 쓸 때를 제외하곤 혼자 있고 싶지 않은데 종일 혼자 있을 때가 있습니다. 푸른 하늘도 좋고 맑은 계곡물 소리도 좋으나, 어느 순간엔 그조차 외로움이니 천하가 텅~ 비어 있는 듯한 이 느낌을 누가 이해할 수 있을까요!
* 무심코 마시는 茶 한 잔이 싸늘하게 식었습니다. 맛이 있고 없고를 생각하기에 앞서 혀끝으로 느끼는 외로움이라니~
* 어디로 가야 하나, 어느새 날이 저물었습니다. 무성한 가로수들이 무성한 죄로 가지치기 당하여 어둠과 함께 비틀거리듯 사라지니 세상 모든 길들도 매몰되었습니다.

아~ 이제는 내 사랑이 다시 돌아온다 해도 그대에게 갈 수 없으니~ 언젠가 이 가슴을 묻고 그저 외롭다고 말합니다. 뼈가 저릴 정도로 외롭다는 말을 했더니 누군가 그럽니다. 먹고살 만한 소리 "엄살떨지 말라"라고. 그 순간 뼈저린 외로움이 엄살로 되어 버립니다.

여기 한 그루 느티나무가 있습니다. 가지 많은 나무라 바람 잘 날 없습니다. 오가며 느티나무를 찾는 이들의 목적이 다양합니다. 그저 쉴 목적으로 찾는 이가 있는가 하면 남모르게 베어서 땔감으로 쓰기 위해 찾는 이도 있으니 눈치챈 나무는 사정없이 외롭겠다 이 말이지요…

잡초라 구박받던 식물이 알고 보니 약초인 경우가 있습니다. 세속의 짧은 식견으로 그대 잠재력을 인정받지 못한다 해도 너무 외로워 마시길… 언제고 귀한 약초로 인정하는 눈길이 있을 터이니!!! 외로워하지 마시라~는 덕담 모음입니다.

자연과 고독을 노래하다

– 미당시문학관

국화 옆에서

한 송이의 국화꽃을 피우기 위하여
봄부터 소쩍새는 그렇게 울었나보다
한 송이의 국화꽃을 피우기 위하여
천둥은 먹구름 속에서 또 그렇게 울었나보다
그립고 아쉬움에 가슴 조이던
먼먼 젊음의 뒤안길에서
이제는 돌아와 거울 앞에선
내 누님같이 생긴 꽃이여
노오란 네 꽃잎이 피려고 간밤엔
무서리가 저리 내리고
내게는 잠도 오지 않았나 보다.

　국민 애송시 「국화 옆에서」입니다. 한 송이 '국화꽃'이 피기까지 겪을 인내의 면면에 초점을 두었습니다. 봄날 '소쩍새'의 울음소리처럼 어느 서러움과 슬픔도 의미하고, 여름의 '천둥'과 '먹구름' 사이를 지나 가을의 '무서리'까지 견뎌낸 '국화'입니다. 그래서 인생의 뒤안길을 감내한 누님 같은 꽃이라고 노래합니다.

전북 고창 선운산 자락을 따라가다 보면, 시간이 천천히 흐르는 듯한 곳을 만나게 됩니다. 바로 미당 서정주 선생(1915~2000)의 문학관입니다. 한때 아이들의 웃음소리로 가득했을 선운초등학교 봉암분교가 폐교된 뒤, 새롭게 단장되어 한 시인의 삶과 문학을 기억하는 공간으로 다시 태어났습니다.

문학관의 개관일은 11월 3일입니다. 이는 미당 선생이 중앙고보 재학 시절 참여했던 광주학생독립운동을 기념하기 위해 정한 날짜라고 합니다. 당시 고창군수의 적극적인 지원으로 세상에 모습을 드러내게 되었다고 합니다.

기념관의 전시실에 시인의 편지와 시집, 오래된 사진과 유품들이 지난 시간을 말해줍니다. 제1전시동의 전망대에 올라서면 선운산의 풍경이 한눈에 들어오고, 제2전시동에서는 시인의 육필 원고와 연구 논문들이 그의 문학적 깊이를 전합니다. 문학관이 생가와 묘역 가까이에 자리하고 있다는 사실 또한 이곳을 찾는 이들에게 숙연함을 안겨줍니다.

미당 서정주 선생은 한국 현대시에서 빼놓을 수 없는 시인입니다. 대표작 「국화 옆에서」를 비롯하여 천여 편에 이르는 시 가운데 많은 작품들이 교과서에 실렸고, 여러 세대를 거쳐 애송되었습니다. 특히 첫 시집 화사집은 한국 현대시의 한 획을 긋는 작품으로 평가됩니다.

선생의 시 세계에는 한국적 토속 정서가 깊게 배어 있습니다. 흙냄새가 나는 언어와 자연의 이미지, 그리고 인간의 운명을 성찰하는 불교적 사유가 서로 어우러져 독특한 서정의 울림을 만들어 냅니다. 국화 한 송이를 바라보며 인간의 기다림과 성숙을 노래하는 가운데 삶의 깊은 의미를 차분하게 일깨워 줍니다.

　그러나 미당 선생의 생애는 문학적 찬사만으로 설명되지 않습니다. 한때 항일 학생운동에 참여하기도 했지만, 일제강점기 말기와 군사정권 시기에는 권력과 관련된 행적으로 인해 비판을 받기도 했습니다. 이러한 논란은 오늘날까지도 그의 문학을 바라보는 시선에 복합적인 그림자를 드리우고 있습니다.

　어쩌면 시인의 삶뿐만 아니라 우리 모두 살아가는 과정 자체가, 시대의 빛과 어둠을 함께 품는 일인지도 모릅니다. 서정주의 문학 역시 그러한 시간의 흔적 속에서 형성되었습니다. 많은 곡절 속에 시가 지닌 언어의 아름다움과 상징이 한국 시문학의 중요한 자산으로 남아 있습니다.

　'인생은 짧고 예술은 길다.' 수많은 작품들을 보면서 드는 생각입니다. 한 편의 시란 단지 아름다운 말의 배열인 동시에 시대를 지나며 남긴 영혼의 기록이라는 사실을 말입니다.

　각자의 생애와 이름자를 생각합니다. 한 일생의 평가를 생각합니다. 환경과 재능과 노력으로 어느 정도 업적을 이루었는가에 기준을 두는 것이 현재의 잣대 같습니다. 또 하나, 그 시대가 작용하는 부분을 염두해 봅니다. 과연 내 자신이 참담한 시절에 살았더라면 어떻게 대응했을지, 얼마나 비굴해야만 했을지 문학 순례의 끝에서 자문합니다. 시란 무엇이며, 문학이란 결국 무엇을 위해 존재하는 것일까 하고 말입니다.

문학의 기억을 지키는 집

– 이어령 교수의 영인문학관

서울 평창동 언덕길을 오르다 보면 한국 근대문학의 숨결을 간직한 특별한 공간을 만나게 됩니다. 바로 영인문학관입니다. 이어령 교수님의 영(寧) 자와 부인 강인숙 관장님의 인(仁) 자로 명명된 이곳은 한 시대의 문학과 정신을 보존하려는 노력의 결실로 세워진 문학의 집입니다.

이어령(1934~2022) 교수와 문학연구자 강인숙 여사는 한국 근대문학의 귀중한 자료들이 흩어지고 사라지는 현실을 안타깝게 여기며 한국 근대문학연구소를 설립했습니다. 오랜 시간 공들여서 근대문학 관련 자료를 모으기 시작했습니다.

1972년 이어령 교수가 문예지 문학사상을 창간하면서 자료들이 더욱 풍성해졌습니다. 그는 1985년까지 잡지의 주간을 맡으며 수많은 문인과 교류하였고, 그 과정에서 귀중한 기록들이 자연스럽게 축적되었습니다.

눈길을 끄는 것은 잡지에 실렸던 104점의 문인 초상화입니다. 당대 정상급 화가들이 그린 이 초상화들은 한 시대 문인들의 정신을 담은 예술 작품이라 할 수 있습니다. 또한 잡지에 게재된 원고와 문학 자료들은 한국 근현대 문학사의 중요한 기록으로 남게 되었습니다.

이 자료를 체계적으로 보존하기 위해 2001년 4월, 서울 평창동에 영인문학관을 개관했습니다. 이후 2008년에는 평창동 499-3으로 이전하면서 재단법인을 설립하여 문학관의 운영 기반을 더욱 단단히 마련했습니다.

영인문학관에는 문인들 초상화와, 부채에 그린 선면화, 문인들의 서화 작품, 원고와 편지, 삽화 자료, 라이프 마스크, 심지어 문인들의 장문(掌紋)까지 있습니다. 마치 그곳에 있는 작가들이 방문객을 맞이하는 듯합니다. 이런 자료들을 통해 우리 근대문학의 흐름을 한눈에 보여주는 전시를 시도하고 있습니다.

오히려 이어령 교수님의 자리는 문학관 지하 안쪽 구석진 자리에 소심하게 자리 잡고 있습니다. 잠시 일본에서 집필하던 때 사용했던 앉은뱅이책상이 있고 저서 판본이 진열해 있습니다.

여러 세대의 문인들을 함께 조명함으로써 한국 문학의 흐름과 맥락을 자연스럽게 이해하도록 돕고자 하는 뜻입니다. 문학탐방의 중요성을 다시금 느끼는 대목입니다. 문학은 책과 함께 그 책을 집필하며 생활했던 작가들의 흔적 속에도 살아 있다는 사실입니다. 평소 교수님께서는, 문학관이라는 거창한 이름에 비해서, 내용이 없는 경우가 있는데 얼마나 민망한가! 내실이 있어야 한다고 자주 언급하셨다고 합니다.

이어령 교수와 강인숙 여사가 오랜 세월에 걸쳐 자료를 모으고 정리하며 문학관을 세운 까닭도 아마 여기에 있을 것입니다. 문학은 한 시대의 정신이며, 우리의 문화와 역사를 지키는 일이기 때문입니다. 우리 한국 문학의 지나온 길을 기억하게 하고, 앞으로의 길을 생각하게 하는 작은 등불처럼 말입니다.

외로운 지성에서 영성으로

명언 중에 "가장 먼 여행길은 머리에서 가슴까지 가는 길"이라는 내용이 있습니다. 희로애락을 충분히 인지하는데 가슴에 울림이 적거나 없다는 말이 되겠습니다. 감동과 울림 배려와 감사, 따뜻한 사랑의 언어와 실행의 거리를 의미합니다. 지정에서 영성으로 주제가 이런 의미라고 봅니다.

"나는 세상 사람으로부터 존경을 받았는지는 몰라도 일생 무척 외로웠다." 평생 지성의 길을 걸어온 한 지식인의 고백입니다. 한국 현대 지성사의 중심에 서 있었던 이어령 교수는 수많은 명성과 찬사를 받았지만, 내면에는 늘 깊은 고독이 자리하고 있었다고 합니다. 어쩌면 그것은 시대를 앞서 사유하는 사람에게 숙명처럼 따라오는 그림자였는지도 모르겠습니다.

충남 아산에서 태어난 교수님은 문학평론가로 출발하여 문화비평가, 사상가, 행정가에 이르기까지 다양한 영역에서 활동했습니다. 젊은 시절 발표한 「저항의 문학」, 「전후문학의 새물결」은 전쟁 이후 한국 문학의 방향을 새롭게 제시한 평론으로 평가받습니다. 또한 「흙 속에 저 바람 속에」, 「축소지향의 일본인」 같은 저술을 통해 문화와 문명의 문제를 탐구하는 사유의 지평을 넓혔습니다.

교수님께서는 삶의 후반기에 이르러 그는 '지성'이라는 영역을 넘어 '영성'이라는 더 깊은 차원의 질문을 던지기 시작했습니다. 인간의 지식과 문명이 아무리 발전한다 해도 인간 존재의 근원적인 물음에는 결국 영혼의 차원이 필요하다는 깨달음이었습니다.

「지성에서 영성으로」는 바로 이러한 사유의 여정을 보여주는 기록입니다. 이 책에서 이어령 교수는 인간의 삶을 지배해 온 지성 중심의 문명이 결국 영성의 영역과 만날 때 비로소 완전해질 수 있다고 말합니다. 그는 지성을 부정한 것이 아니라, 지성이 영성과 만날 때 더 깊어질 수 있다는 사실을 강조했습니다.

말년에 제자와의 대화로 이루어진 「마지막 수업」은 더욱 절절한 울림을 전해 줍니다. 암 투병 중이던 노학자가 제자와 나눈 대화를 통해 삶과 죽음, 믿음과 희망에 대한 깊은 성찰을 들려주는 책입니다. 인간의 생이 유한하다는 사실을 담담히 받아들이면서도, 삶이 끝나는 자리에서 비로소 보이는 새로운 의미는 다시 기본으로 돌아가라는 말씀입니다.

정약용 선생께서 생의 마지막 강론에서 기본으로 돌아가라는 말씀과 같은 맥락으로 들립니다.

"죽음은 끝이 아니라 또 다른 질문의 시작"이라고 말한 대목입니다. 평생 질문을 던지며 살아온 지성의 삶이 마지막 순간까지도 자기 성찰로 이어지고 있다는 사실이 깊은 울림을 줍니다. 영인문학관을 둘러보며 교수님께서 얼마나 오랜 시간 문학과 문화의 기억을 지키기 위해 애써 왔는지를 느낄 수 있습니다. 얼마나 고독한 시간을 간직했을지 다시금 생각합니다.

"외로웠다."

그 외로움은 시대를 앞서 사유하는 지식인의 숙명이었고, 동시에 더 깊은 진리를 향해 나아가는 영혼의 여정이었을 것입니다. 지성에서 영성으로 이어지는 사유의 길에서 과연 우리는 지식의 시대를 넘어 지혜와 영성의 시대를 살아갈 준비가 되어 있는가! 자기 언어로 대답해 봅시다.

순수와 사랑을 노래하는 시인의 세계

− 나태주풀꽃문학관

충남 공주시 봉황로 85−12에 자리한 나태주문학관은 '풀꽃 시인' 나태주의 시 세계를 온전히 만날 수 있는 공간입니다. 백제의 숨결이 깃든 공주, 그 고즈넉한 도시의 결을 닮은 문학관은 화려하기보다 단정한 모습으로 방문객을 맞이합니다.

나태주 시인은 1945년 3월 16일 충남 서천에서 태어나 공주교육대학교를 졸업한 뒤 오랫동안 초등학교 교사로 재직하였습니다. 아이들과 함께한 교단의 세월은 선생의 시 세계에 깊은 영향을 남겼습니다. 2009년부터 2017년까지 공주문화원 원장을 지내며 지역 문화 발전에도 힘썼고, 지금은 풀꽃문학관을 중심으로 활발한 창작 활동을 이어가고 있습니다.

선생을 단숨에 국민 시인으로 자리매김하게 한 작품 「풀꽃」입니다.

자세히 보아야 예쁘다
오래 보아야 사랑스럽다
너도 그렇다.

이 짧은 시는 한 편의 인생론이자 작은 존재에 대한 예절입니다. 시인은 편안한 언어를 동원합니다. '자세히', '오래'라는 시간을 통해 사물과 사람의 본질에 다가갑니다. 그 시선은 따뜻하고, 기다릴 줄 알며, 무엇보다 존중을 담고 있습니다.

나태주 선생의 문학세계에서 가장 소중한 가치는 '자기'입니다. 선생의 평생 소망 세 가지 중에

첫 번째는 시인이 되는 것이고

두 번째는 예쁜 여자와 결혼하는 것

세 번째는 충남 공주에 '풀꽃문학관'을 만드는 일입니다.

드디어 소망을 이루었습니다.

시인의 마음으로 전하는 말입니다. 자기를 잃고 얻어야 할 가치는 이 세상에 아무것도 없다고. 귀하디귀한 삶의 한 페이지를 잡담이나 의미 없는 놀이에 내주지 말라고… 슬픔과 절망에 자신을 맡기는 일, 나아가 누군가를 미워하는 일에 자신을 던지는 것은, 가장 어리석은 일이라고… 시간과 마음을 아끼라고 권합니다. 스스로를 먼저 사랑하고, 자신의 존재를 존중하라고 다독입니다.

시에 빠지면 마음이 맑아지고 잊고 지냈던 순수가 고개를 듭니다. 문학관 안에는 시인의 저서와 사진, 시집들이 전시되어 있습니다. 그보다 진짜 전시는 창밖의 풀과 나무, 바람에 흔들리는 잎사귀, 그리고 그 풍경을 바라보는 자신의 마음속에서 완성됩니다. 나태주 시인의 심상은 어린이의 눈을 닮아 있어, 세상의 모든 사물을 처음 보듯 바라보게 만듭니다.

사랑하고 또 사랑하다 보면 결국 자신을 사랑하게 된다는 것. 그리하여 사랑하는 자신이 조금 더 어려지고, 조금 더 싱싱해지며, 반짝이는 마음으로 살아가게 된다는 것. 시는 삶의 윤리이며, 조용한 도덕이라 전합니다. 치열한 경쟁과 피로가 일상이 된 시대에, 시인은 가장 부드러운 언어로 가장 단단한 가르침을 전합니다.

공주 봉황로 풀꽃문학관은 시인의 여정과 시심으로 방문객의 마음을 되돌아보게 하는 쉼터입니다. 자신을 다시 소중히 여기는 연습실이 됩니다. 우리 시대에 이처럼 순수와 사랑을 꾸준히 노래하는 시인이 있다는 사실은 참으로 다행한 일입니다. 나태주 시인의 풀꽃이 우리에게 말합니다.

"자세히 보아라. 오래 바라보아라.
그리고 무엇보다, 너 자신을 아껴라."

서정의 깊이를 노래한 목가 시인

– 신석정문학관

그 먼 나라를 알으십니까
어머니
당신은 그 먼 나라를 알으십니까?

깊은 삼림지대를 끼고 돌면
고요한 호수에 흰 물새 날고
좁은 들길에 들장미 열매 붉어

멀리 노루 새끼 마음놓고 뛰어다니는
아무도 살지 않는 그 먼 나라를 알으십니까?

그 나라에 가실 때에는 부디 잊지 마셔요
나와 같이 그 나라에 가서 비둘기를 키웁시다

어머니
당신은 그 먼 나라를 알으십니까?

산비탈 넌지시 타고 나려오면

양지밭에 흰 염소 한가히 풀 뜯고
길 솟는 옥수수밭에 해는 저물어 저물어

먼 바다 물소리 구슬피 들려오는
아무도 살지 않는 그 먼 나라를 알으십니까?

어머니 부디 잊지 마셔요
그 때 우리는 어린 양을 몰고 돌아옵시다

어머니
당신은 그 먼 나라를 알으십니까?

오월 하늘에 비둘기 멀리 날고
오늘처럼 촐촐히 비가 나리면
꿩 소리도 유난히 한가롭게 들리리다

서리가마귀 높이 날아 산국화 더욱 곱고
노란 은행잎이 한들한들 푸른 하늘에 날리는
가을이면 어머니! 그 나라에서

양지밭 과수원에 꿀벌이 잉잉거릴 때
나와 함께 고 새빨간 능금을 또옥 똑 따지 않으렵니까?

그 먼 나라를 알으십니까!

이 시는 전원적이고 목가적인 풍경 묘사는 신석정 시인의 특징인 향토적 서정을 잘 보여줍니다. 친숙하고 아름다운 자연의 이미지와 따뜻하고 평화로운 정서를 전달합니다. 현실의 고단함 속에서도 순수하고 아름다운 이상향을 꿈꾸며, 사랑하는 어머니와 함께 이루고자 하는 염원이고 그 시절을 간직한 모두의 마음길이라 하겠습니다. 서정을 표현한 작품을 서두로 석정 시인을 따라가 봅니다.

전북 부안이 낳은 신석정 시인은 흔히 '목가적 시인'으로 불립니다. 그러나 부안 변산의 바람 속에서 제가 마주한 그는 단순히 전원의 정취를 노래한 시인이 아니라, 자연을 통해 자신의 기개와 고독을 지켜낸 한 인간이었습니다.

변산반도에 들어서면 가장 먼저 찾게 되는 채석강의 층암절벽입니다. 켜켜이 수만 겹의 시간이 쌓인 듯합니다. 노을이 바위 결 위로 스며들 때, 붉은빛은 마치 오래된 시구처럼 번져갑니다. 석정 시인의 「촛불」과 「슬픈 목가」가 떠오릅니다. 거친 바람에도 꺼지지 않는 촛불처럼, 석정 시인의 시는 늘 깊은 울림을 줍니다. 채석강을 배경으로 붉게 물든 노을이, 평생 지켜온 시인의 곧은 심성처럼 아름답게 느껴졌습니다.

발걸음을 옮겨 조선의 여류 시인 매창을 기리는 매창공원에 닿았습니다. 매창의 시조에 흐르는 한과 기품은 석정이 이 고장을 떠나지 못한 이유 중 하나였을 것입니다. 아름다움과 절개가 공존하고, 슬픔마저 품위 있게 감싸 안는 이 땅의 정서가 그를 길러냈으리라 생각합니다.

신석정(辛夕汀, 1907~1974) 전북 부안 넉넉한 가세에서 태어났으나 부친의 빚보증으로 생계가 기울었습니다. 그럼에도 그는 형제간의 우애 속에서 학업을 이어갔고, 전주고, 김제고, 전주상고에서 교편을 잡으며 사남사녀를 훌륭히 길러냈습니다. 그의 삶은 일제강점기를 견뎌 낸 인고와 책임의 시간이었습니다.

석정문학관 앞에 선생이 직접 '청구원(青丘園)'이라 이름 붙인 옛집이 복원되어 있습니다. 측백나무, 은행나무, 벽오동, 산수유, 백목련을 심어 가꾼 이곳에는 꽃과 나무를 사랑하던 시인의 마음이 고스란히 남아 있는 듯했습니다. 간척공사가 되기 전, 딸 난이와 일림이를 데리고 바다가 보이는 산등성이에 올랐다는 일화는 시속의 목가가 실제 삶의 한 장면이었습니다.

문학관에 걸린 사진과 시인의 좌우명 '지재고산수유(志在高山流水)', 높은 산과 흐르는 물처럼 살고자 하는 글귀가 정갈한 성품을 떠올리게 합니다. 싫으면 싫고, 좋으면 좋은 것. 명예나 보직을 위한 타협을 극도로 꺼렸다는 평판은 문학세계와도 닮아 있습니다. "산이 되고 싶다"고 노래하던 시인답게, 유난히 산의 이미지가 많습니다. 이는 흔들려도 꺾이지 않고, 높지 않아도 깊은 존재이고 싶은 의지였을 것입니다.

부안의 바다는 넓고 평온합니다. 변산은 온유합니다. 이곳에서 신석정 시인은 자연을 노래했습니다. 시인의 고향을 찾는다는 것은, 평생 지키고자 했던 시인의 태도를 배우는 일입니다. 채석강의 노을처럼 붉게 타오르되, 촛불처럼 꺼지지 않는 마음. 부안에서 느낀 감동입니다.

시대를 깨우는 언어

– 김홍신문학관

　김홍신(金洪信, 1947~) 공주에서 태어나 논산에서 성장, 15, 16대 국회의원역임. 1976년 '현대문학'에 소설 「본전댁」으로 추천되어 작가로 등단하여 「인간시장」, 「내륙풍」, 「대발해」를 비롯해 수필 「인생사용 설명서」와 동화, 칼럼, 의정 활동집까지 140여 권의 책을 발간했습니다.

　아호가 '모루'입니다. 모루가 무슨 뜻인지 몰라 찾아봤습니다. 대장간에서 빨갛게 불에 달궈진 쇠를 두드릴 때 쓰는 받침쇠를 모루라고 한답니다. 세상을 떠받치는 버팀목 같은 사람, 그런 글을 쓰겠다는 의지가 호(號)에서 느껴집니다.

　우리나라 역사상 최초의 밀리언셀러 소설가입니다. 세상의 온갖 인간군상으로 집합된 「인간시장」에서 종횡무진 활약하는 멋진 남자 장총찬을 발굴한 작가로 전 국민의 속을 시원하게 만들어 주었습니다. 그 외에 인생을 맛있게 사는 지혜, 「인생사용 설명서」 등 행복한 삶의 가치를 글로 그리며 풀어내는 작가입니다.

　충남 논산시 내동 중앙로 146-23 김홍신문학관이 있습니다. 검은색과 빨간색 원이 벽화로 붙어있습니다. 잉크 한 방울과 피 한 방울을 섞어서 집필한다는 노력의 상징이랍니다. 문학관에는 작가 성장기부터 집필 과정의 노력을 증명하는 직접 쓴 손글씨 등… 현장에서만 느낄 수 있는 일화가 가득합니다.

인생사용 설명서

　김홍신 작가의 「인생사용 설명서」는 제목부터 느낌이 와닿습니다. 가전제품 하나를 사더라도 사용 설명서를 먼저 펼쳐보는데, 정작 단 한 번뿐인 우리의 인생에는 왜 설명서가 없다고 여겨왔는지 돌아보게 합니다. 작가는 바로 그 지점에서 이야기를 시작하며, 인생에도 분명히 '사용 설명서'가 필요하다는 요지를 말하고 있습니다. 수필은 일곱 가지 질문으로 출발합니다.

　"당신은 누구십니까?"
　"왜 사십니까?"
　"인생의 주인은 누구입니까?"
　"이 세상에 존재하는 이유는 무엇입니까?"
　"누구와 함께 하겠습니까?"
　"지금 괴로운 이유는 무엇입니까?"
　"어떻게 마음을 다스리겠습니까?"

　날마다 바쁜 일상 속에서 살아가면서도 정작 '나는 누구인가'라는 질문 앞에서는 쉽게 답하지 못합니다. 직업과 사회적 역할로 자신을 설명하려 하지만, 그것이 곧 존재의 본질은 아님을 이 책은 일깨워 줍니다. 작가는 인생의 주인은 바로 자신임을 강조하며, 비교와 경쟁 속에서 흔들리는 삶을 돌아보게 합니다.
　특히 "지금 괴로운 이유는 무엇입니까?"라는 질문에서 성찰을 하게 됩니다. 괴로움이 외부 환경 때문이라고 여기기 쉽지만, 실제로는 내 마음의 해석과 욕심에서 비롯되는 경우가 많기 때문입니다. 김흥신 선생은 마음을 다스리는 방법으로 감사와 겸손을 제시합니다.

　오늘 하루의 소박한 기쁨을 발견하는 태도가 인생을 단단하게 만든다고 말합니다. 가르침이라기보다 오랜 강연 현장에서 나눈 공감과 사색을 정리한 글이기에 진솔하게 다가옵니다. 지나온 역사 속에서 선현들이 남긴 지혜를 되새기며, 그 가르침이 곧 인생의 설명서가 될 수 있음을 보여 줍니다.

　독자들도 살아오는 과정과, 지금의 불안은 어디에서 비롯되는지 돌아보는 것입니다. 분명한 해답을 찾았다기보다는, 가만히 돌아보는 과정에서 마음이 한결 맑아진다는 느낌입니다. 더욱 중요한 메시지는 노력하고 개선하기에 늦지 않았다는 사실입니다. 선생의 격언과 같은 시 한수 올려봅니다.

겪어보면 안다

굶어보면 안다
밥이 하늘인 걸!

목마름에 지쳐보면 안다
물이 생명인 걸!

일이 없어 놀아보면 안다
일터가 낙원인 걸!

아파보면 안다

건강이 엄청 큰 재산인 걸!

잃은 뒤에 안다
그것이 참 소중한 걸!

이별하면 안다
그이가 천사인 걸!

지나보면 안다
고통이 추억인 걸!

불행해지면 안다
아주 적은 게 행복인 걸!

죽음이 닥치면 안다
내가 세상의 주인인 걸!

대발해

　대하소설 「대발해」는 전 10권으로 통일문화대상과 현대불교문학상을 수상합니다. 대발해는 그 시절 북방의 시간을 현재로 호출하는 서사적 복원 작업이며, 이를 집필하기 위해 발해지역까지 답사하며 연결된 역사서만 500여 권을 읽었다고 합니다.

　고구려 멸망 이후 민족의 후예들은 흩어지고, 당나라의 압박 아래 정체성을 잃어갈 때, 대조영이 등장하여 세운 나라 발해. 고구려 유민과 말갈 세력을 규합하여 698년 발해를 건국합니다. 무너진 고구려 역사에 대한 복권이며, 패자의 자리에서 다시 일어서는 민족적 의지의 표상입니다.

'해동성국'이라 불릴 만큼 융성했던 발해가 되기까지 당과의 외교적 긴장, 일본과의 교류, 북방 민족과의 갈등, 내부 권력 다툼까지 치밀하게 조직해서 들여다봅니다. 국가는 지도자 한 사람의 결단으로 완성되지 않습니다. 제도와 인물, 외교와 군사, 문화와 민심이 유기적으로 얽혀야 비로소 국가가 바로 선다는 점입니다.

『대발해』의 의의는 역사 복원에 있습니다. 오랫동안 변방의 국가, 혹은 주변부 역사로 취급되어 왔습니다. 선생은 발해를 고구려의 계승 국가로, '남북국 시대'라는 관점을 소설이라는 형식으로 설득력 있게 제시했습니다. 이렇게 노력해서 얻은 역사서를 읽어 볼 수 있다는 게 얼마나 감사한지 모릅니다.

방대한 서사와 강한 문제의식은 때로는 설명적 문장으로 기울기도 하지만 이런 면은, 우리가 역사를 얼마나 넓게 이해하고 있는지 가르침을 전하는 해설서로 이해됩니다. 남쪽의 기억에만 머무르지 않고 북방의 시간까지 껴안을 때, 비로소 우리의 역사가 온전해지지 않는가! 안타까움의 토로입니다.

역사는 과거를 이야기하면서 현재를 향합니다. 역사는 지나간 사건뿐 아니라, 오늘의 정체성을 구성하는 토대이기 때문입니다. 남북을 관통하는 역사관으로 잊혀가는 제국을 다시 세움으로써, 시야를 확장하게 이끌어 줍니다. 모든 사람이 즐겁고 보람 있게 살기를 바라며 글을 쓴다는 작가의 지론이 너무나 멋집니다.

역사를 잊은 민족에겐 미래가 없다
– 조정래 선생의 문학세계

1943. 8. 17. 전남 승주군 선암사에서 탄생했습니다. 1970년 등단. 50여 년을 문학과 함께 살아 온 작가입니다. 대표작 「태백산맥」, 「아리랑」, 「한강」, 「정글만리」, 「천년의 질문」, 「풀꽃도 꽃이다」 등 거시적 담론으로 바라본 대하소설가로 '인간의 인간다운 삶을 위하여 인간에게 기여해야 한다'는 문학지론을 강조합니다.

전남 보성 벌교에 태백산맥 문학관이 있습니다. 2008년 개관했는데 문학관으로는 국내 최대 규모라고 합니다. 김제 죽산면에 아리랑 문학관이 있습니다. 한반도 유일한 지평선이 있는 곳이며 아리랑의 무대가 되는 곳에 작가의 문학관을 지어 놓았습니다. 주변에 벽골제 행사며 볼거리 먹거리가 다양합니다.

대표작인 「태백산맥」은 해방 이후 여순사건과 한국전쟁 전후의 이념 대립을 다루며, 민족 내부의 상처를 집요하게 파헤친 대하소설입니다. 좌우 이념의 충돌 속에서 인간이 어떻게 갈라지고, 또 어떻게 생존해 가는지를 치열하게 묻는 작품입니다. 선생은, 현실에서 정의가 패배하는 경우가 있지만 역사에서 승리한다는 믿음을 줍니다.
「아리랑」은 일제강점기를 배경으로, 수탈과 저항, 이민과 독립운동의 역사를 광활한 서사로 풀어낸 작품입니다. 민초들의 고단한 삶을 통해 '민족'이란 무엇인가를 되묻는 대작입니다.

그동안 역사와 민중의 삶을 천착해 온 작가가, 현대 자본 권력의 실체를 정면으로 다룬 작품이 바로 「허수아비춤」입니다. 「한강」 이후 10년 만에 발표된 이 소설은 더 이상 과거가 아닌, 지금 우리가 숨 쉬고 있는 자본의 현실을 해부합니다. 「허수아비춤」의 내용을 보겠습니다.

소설의 중심에는 무소불위 '일광그룹'이라는 거대 기업이 자리합니다. 작가는 그 내부를 잠입하듯 세밀하게 묘사합니다. 남 회장의 집무실은 황금 조각과 용 문양으로 장식되어, 마치 황제의 궁전처럼 위엄이 넘칩니다. 구룡 의자에 앉은 그의 모습은 군림하는 권력의 상징입니다.
유사한 인물이 누구일까~! 현재를 가늠하며 돌아보기도 합니다.

그를 중심으로 강기준, 박재우, 윤성훈 같은 인물들이 움직입니다. 이들은 회장을 위해서라면 목숨도 아끼지 않을 듯 충성을 맹세하지만, 동시에 서로의 약점을 쥐고 긴장 속에 살아가는 존재들입니다.
정계, 재계, 관계가 얽히고설킨 권력 네트워크 속에서 일광그룹은 '못할 일이 없는' 조직으로 그려집니다. 인사를 움직이고, 정책을 유리하게 돌리고, 계열사를 확장하며, 경영권을 세습하는 과정에서 편법과 불법이 아무렇지 않게 작동합니다.
수십억 원대 스톡옵션, 비자금, 음성적 거래, 로열 계층의 향락 문화가 번쩍이는 겉모습과 달리, 그 속은 결코 고급스럽지 못합니다. 오히려 탐욕과 공모, 배신과 불안이 뒤엉킨 적자생존의 밀림과도 같습니다.

'허수아비'의 비유입니다.

작가는 「사기」의 말을 빌려 인간의 속성을 꼬집습니다.

열 배 부자면 헐뜯고,

백 배 부자면 두려워하고,

천 배 부자면 고용당하고,

만 배 부자면 노예가 된다.

가늠할 수 없는 부와 권력 앞에서 사람들은 저항 대신 복종을 택합니다. 스스로 판단하지 못하고 바람 부는 대로 흔들리는 존재, 그것이 바로 '허수아비'입니다.

소설이 말하는 허수아비는 단지 기업 내부 인물들만이 아닙니다. 그 권력 안으로 들어가고자 애쓰는 사람들, 침묵으로 동조하는 사람들, 불의에 눈감는 우리 모두를 가리키는 상징입니다. 그래서 「허수아비춤」은 허구이면서도 매일 접하는 뉴스처럼 생생하게 다가옵니다.

조정래 선생은 경제 민주화를 강하게 외칩니다. 기업은 투명하게 경영되어야 하며, 정직하게 세금을 내야 하고, 소비자의 신뢰 위에서 성장한 만큼 그 이익이 사회 전체에 환원되어야 한다는 주장입니다. 모든 사람이 사람답게 사는 세상, 권력이 아니라 양심이 중심이 되는 사회. 그것이 작가가 말하는 경제 민주화의 본질입니다.

「태백산맥」이 이념의 전쟁을, 「아리랑」이 식민의 역사를 다루었다면, 「허수아비춤」은 자본의 시대를 겨냥합니다. 과거에는 총칼이 민중을 억눌렀다면, 오늘날에는 자본과 권력이 보이지 않는 그물망으로 사람을 얽어맵니다. 그러나 작가의 시선은 일관됩니다. 언제나 힘없는 사람들의 자리에서, 구조적 모순을 응시합니다.

사실, 「허수아비춤」은 풍자소설이면서 동시에 현실입니다. 우리는 과연 스스로 서 있는가, 아니면 누군가에 기대어 그들의 바람에 흔들리는 허수아비인가를 묻습니다. 조정래 선생의 문학은 시대가 바뀌어도 여전히 질문을 멈추지 않습니다. 우리 사회는 과연 정의로운가? 세상의 문학 작품은 정의를 재단하는 잣대로써 언제나 현재진행형이라 하겠습니다.

사랑과 구원의 애국혼

― 한용운문학관

님의 침묵

님은 갔습니다.
아아, 사랑하는 나의 님은 갔습니다.

푸른 산빛을 깨치고 단풍나무 숲을 향하여
난 작은 길을 걸어서 차마 떨치고 갔습니다.

황금의 꽃같이 굳고 빛나던 옛 맹서는
차디찬 티끌이 되어 한숨의 미풍에 날아갔습니다.

날카로운 첫 키스의 추억은 나의 운명의 지침을 돌려 놓고
뒷걸음쳐서 사라졌습니다.

나는 향기로운 님의 말소리에 귀먹고
꽃다운 님의 얼굴에 눈멀었습니다.

사랑도 사람의 일이라

만날 때에 미리 떠날 것을 염려하고 경계하지 아니한 것은 아니지만,
이별은 뜻밖의 일이 되고 놀란 가슴은 새로운 슬픔에 터집니다.

그러나 이별을 쓸데없는 눈물의 원천으로 만들고
마는 것은 스스로 사랑을 깨치는 것인 줄 아는 까닭에
걷잡을 수 없는 슬픔의 힘을 옮겨서
새 희망의 정수박이에 들어부었습니다.

우리는 만날 때에 떠날 것을 염려하는 것과 같이
떠날 때에 다시 만날 것을 믿습니다.

아아, 님은 갔지마는 나는 님을 보내지 아니하였습니다.

제 곡조를 못 이기는 사랑의 노래는
님의 침묵을 휩싸고 돕니다.

"님만 님이 아니라 기룬 것은 다 님이다. 님은 내가 사랑할 뿐 아니라
나를 사랑하느니라…"『님의 침묵』 서문입니다.

만해 한용운, 본명 한정옥(1879~1944)은 충남 홍성에서 태어난 시인이
자 승려이며 독립운동가입니다. 선생의 기념관을 돌아보며 평소에 알지
못했던 세부적인 이야기를 상세히 배웁니다. 생애 안에 이렇게 거룩한
시와 종교, 혁명과 사랑이 지금껏 이어온다는 사실에 마음길이 숙연해
집니다.

선생은 민족 대표 33인 가운데 한 분으로서 1919년 3·1 운동에 참여하고, 그 대가로 옥고를 치르셨습니다. 옥중 고문으로 손이 떨리고 고개가 한쪽으로 기울어진 채 남은 사진은, 선생이 감내해야 했던 시대의 무게를 고스란히 전해 줍니다. 끝내 꺾이지 않는 정신의 형상이었습니다.

젊은 날의 선생은 세상을 넓게 알고자 도보로 만주와 시베리아를 여행하던 청운의 사람이었습니다. 한때 사랑하는 여인과 단란한 가정을 꿈꾸기도 했습니다. 그러나 암울한 식민의 시대를 만나면서, 개인의 행복은 민족의 고통 앞에서 뒤로 물러설 수밖에 없었습니다.

"삶이란 무엇인가"라는 근원적 질문을 품고 강원도의 백담사에 들어가 수행의 길을 택하셨지만, 그 수행은 시대를 껴안는 결단이었습니다. 승려의 몸으로 독립운동을 했다는 사실은, 불교가 곧 실천이었음을 말해줍니다.

시집 『님의 침묵』은 그러한 정신의 결정체입니다. "님은 갔습니다. 아아, 사랑하는 나의 님은 갔습니다."로 시작되는 그 절절한 고백은 잃어버린 조국을 향한 절규이자 반드시 광복되리라는 신념의 선언입니다. "님은 갔지만 나는 님을 보내지 아니하였습니다."라는 구절처럼, 선생은 조국을 마음에서 놓지 않으셨습니다.

선생의 삶은 홍성의 생가와 기념관, 서울 성북구의 심우장, 그리고 백담사에 남아 우리를 맞이합니다. 심우장은 일제의 통치를 상징하던 총독부가 보기 싫어 등지고 지은 집이라 합니다. 고개를 돌려 굴복하지 않겠다는 의지의 공간이었을 것입니다. 결성 생가와 남한산성 일대와 여러 유적 유물은 선생의 자취를 더듬게 합니다.

선생은 독립된 조국을 보지 못한 채 1944년 64세 일기로 눈을 감으셨습니다. 눈비 맞으며 밤낮을 기다리고 언제든지 올 줄을 굳게 믿으며, 날마다 낡아 간다는 나룻배의 심정이 「나룻배와 행인」 속에 드러납니다. 안타깝게도 독립을 한 해 앞두고 떠나셨습니다.

"님은 갔지만 나는 님을 보내지 않았다"는 그 다짐처럼, 우리 또한 선생의 정신을 보내지 말아야 하겠습니다. 만해의 침묵은 끝난 것이 아니라, 오늘을 사는 우리에게 계속 전해지고 있습니다. 선생의 거룩한 생애가 세세토록 이어지기를, 그리고 우리 각자의 자리에서 작은 만해로 살아가기를 다짐해 봅니다.

논개의 애인이 되어 그의 묘에

운이 좋은가 봅니다. 진주 남강을 찾을 때마다 늘 푸른빛입니다. 날씨가 맑으니 하늘빛이 푸르고, 남강물도 여전히 잔잔히 푸릅니다. 촉석루각에 올라 남강을 바라보면 제일 먼저 생각나는 이름 논개입니다.

본명: 주논개(朱論介)
출생: 1574년?, 전라도 장수현 임내면(現 전북특별자치도 장수군 장계면 의
*   암로 558)*
사망: 1593년(선조 26년)(향년 19세?), 경상도 진주목 진주성(現 경상남도
*   진주시 남강로 626 진주성)*
사인: 익사

임진왜란 당시에 일본 장군을 안은 채 강에 뛰어들어 장군과 함께 죽은 조선 여인

위키백과에 나오는 내용에서 향년 19세가 마음에 걸립니다. 아니 아닙니다. 그 시절부터 지금껏 의로움과 기백과 용기를 찬양하고 추앙하며 기리는 인물임에도 채 스물도 안 되는 꽃다운 나이가 너무나 안타깝습니다.

변영로 시인은 논개의 의거를 '거룩한 분노'라 했습니다. 그 실행 정신은 어느 종교보다도 깊다 하십니다. 한용운 선생께서는 논개의 연인이 된 심경으로 그의 묘소에서 마음을 전하십니다. 이러한 한용운 님의 시를 감상하면서 독후록을 써 봅니다.

한 인간의 죽음이, 어떻게 시대를 넘어 숭고한 의미로 새롭게 태어날 수 있는지 깊이 생각합니다. 비극적 역사 속에서 나라를 위해 몸을 던진 한 여인의 이야기지만, 의로움을 넘어서 그녀의 내면과 죽음을 바라보는 인간적 시선에 집중하는 점입니다.

선생은 논개의 죽음을 비극이 아닌 완성과 귀결로 바라봅니다. 왜장을 끌어안고 남강으로 뛰어내리는 행위는 나라를 향한 사랑, 의리를 향한 신념, 뿐만 아니라 자기 존재를 스스로 완성하는 결단으로 보는 것입니다.

속세의 고통을 씻는 듯한 정화의 이미지입니다. 진주성을 잃은 백성으로, 꽃단장은 무엇이란 말인가! 번뇌를 벗어나는 해탈의 순간처럼 묘사됩니다. 시대의 아픔을 끌어안고 스스로를 던져 진리를 이루는 존재로 확장하는 것입니다.

한용운 선생은 논개를 사랑을 품은 존재로 그려냅니다. 이 부분에 정

감이 함께합니다. 누군들 목숨이 아깝지 않겠는가~~

분기의 결단은 나라와 향한 깊은 애정에서 출발합니다. 그래서 그 죽음은 슬픔보다도 경외심을 느끼게 됩니다.

남모르게 남긴 논개의 고요한 슬픔을 미루어 짐작합니다. 마지막 순간에 어쩌면 살아남고 싶었을까? 잠시라도 숨을 돌리고 싶었을까? 여전히 도덕적 울림을 주고 있음입니다. 그리고 오늘을 살아가는 우리에게 용기와 책임, 당면한 시국관에서 '내가 지켜야 할 것'을 헤아려 봅니다.

인연설

사랑하는 사람 앞에서
사랑한다는 말은 안 합니다.
아니하는 것이 아니라
못하는 것이 사랑의 진실입니다.

잊어버려야 하겠다는 말은
잊어버릴 수 없다는 말입니다.
정말 잊고 싶을 때는 말이 없습니다.

헤어질 때 돌아보지 않는 것은
너무 헤어지기 싫기 때문입니다
...

– 인연설 1

함께 영원히 있을 수 없음을 슬퍼 말고
잠시라도 함께 할 수 있음을 기뻐하고

더 좋아해 주지 않음을 노여워 말고
이만큼 좋아해 주는 것에 만족하고

나만 애태운다 원망치 말고
애처롭기까지 한 사랑을 할 수 있음을 감사하고

주기만 하는 사랑이라 지치지 말고
깨끗한 사랑으로 오래 간직할 수 있는
나는 당신을 그렇게 사랑하렵니다.

– 인연설 2

...

인사를 한다는 것은 벌써 인사가 아닙니다.
참으로 인사를 하고 싶을 땐 인사를 못 합니다.
그것은 어쩔 수 없는 더 큰 인사이기 때문입니다…

– 인연설 3

만해 선사의 「인연설」에서 부분 발췌했습니다. 님은 갔지만, 님을 보
내지 아니하였다는, 「님의 침묵」처럼 역설이 빛나는 표현입니다.

「인연설」에 대한 감상입니다.

피천득 선생의 인연은 맑고 아련한 추억과 그리움의 정서로 표현합니다. 한용운 선생은 연기(緣起)적 관계로 풀어내십니다. 인연이란 게 억지로 엮는 게 아니므로, 머무르는 인연에 감사하는 것~ 떠나는 인연을 탓하지 말며~ 모든 관계는 부드럽게 흘러가도록 해야 한다~ 결국 이별도 그럴만한… 그럴 수밖에 없는~ 인연이라 합니다.

모든 만남과 사랑, 이별, 죽음이 우연이 아니라 인연의 조건이라는 것입니다. 조건이 맞아 잠시 모였다 흩어지는 관점입니다. 우리 심정 문우님들도 각별한 인연이 닿았기에 이렇게 대화를 나누고 있겠지요. 언젠가 인연 따라 이별도 하겠지요. 때론 눈물 나게 그립기도 하겠지요! 그리움의 여러 빛깔을 안고 살아가는 동안, 어떤 것은 포용하기도 하고, 어떤 것을 배제하기도 하겠지요. 그게 인생이겠지요.

낭만과 순수의 서정

- 황순원문학관

양평군 서종면 소재 황순원 문학촌, 국민 단편소설 소나기의 고장 황순원 문학관에는

1층~ 문학을 더 가깝게 ~

2층~ 아홉 살 내가 사는 마을~

3층~ 책이 없는 방은 영혼이 없는 육체로~

황순원 선생의 생애와 작품이 가지런하게 구분되어 보여줍니다. 소년 소녀의 순수한 사랑 이야기를 표현한 소나기 공원도 그립입니다.

황순원(1915~2000) 문학관은 2009년 개관하여 국내 최대 탐방 인원을 기록하고 있다 합니다. 교과에 수록된 작품과 연극, 영화, 드라마로 나온 작품도 수없이 많습니다. 「목넘이 마을의 개」, 「독 짓는 늙은이」, 「소나기」, 「카인의 후예」 등 당시의 불의와 불합리를 작품 속에 녹아 내었다고 봅니다.

여기에선 「목넘이 마을의 개」와 「독 짓는 늙은이」를 보겠습니다.

목넘이 마을의 개

어디서 왔는지 모르지만 하얀색 개, 신둥이는 다리를 절고 몸에 상처

를 입은 채 산골 마을에 나타난 떠돌이 개입니다. 동네 사람들은 신둥이를 '미친 개'라 지칭합니다. 신둥이와 함께 어울리는 다른 개들도 몰리는 상황입니다. 이런 현실에서 살아가는 목넘이 마을 사람들과 개들의 이야기입니다.

마을 사람들이 두려움에 사로잡혀 신둥이를 죽이려 할 때, 간난이 할아버지는 새끼를 밴 생명을 차마 해치지 못하고 살 길을 열어 줍니다. 최소한의 연민에서 비롯된 것입니다.

겨울 산속에서 신둥이의 새끼들을 발견하고 몰래 돌보아 준 장면에서는, 생명을 향한 따뜻한 마음이 얼마나 큰 힘을 지니는지를 느끼게 됩니다.

'떠돌이 개', '미친 개'라는 지칭이 공포를 만들고, 무조건적 집단적인 폭력으로 이어지는 모습을 보며, 인간 사회에서도 비슷한 일이 반복되어 왔음을 떠올리게 됩니다. 이유 없이 낙인찍히고, 그 낙인이 진실처럼 굳어지는 순간, 우리는 쉽게 이성을 잃고 판단을 흐리게 되는지도 모릅니다.

신둥이가 미친개라는 사실적 근거는 없습니다. 보살펴 주는 주인이 없으니까 떠돌아다니는 하얀색 보통 개입니다. 신둥이와 어울렸다는 이유만으로 싸잡아 죽임을 당한 동네 개들, 신둥이도 어느 사냥꾼의 총에 맞아 죽었다는 소문을 들은 것으로 마무리됩니다.

그럼에도 불구하고 산에 사는 신둥이의 피가 마을 개들에게 이어졌다는 이야기는, 생명은 어떤 방식으로든 이어진다는 메시지입니다. 우리가 사는 세상도, 작은 선의와 연민이 훗날 누군가의 삶 속에서 이어질 수 있음을 상징적으로 보여준다고 생각합니다.

독 짓는 늙은이

송 영감은 평생 독을 만들며 살아온 장인입니다. 세월은 그의 몸을 서서히 약하게 만들었고, 가정 또한 평탄하지 못합니다. 조수로 들어온 젊은 녀석과 눈이 맞은 젊은 아내는 집을 떠났습니다. 어린 아들 당손이만이 그의 곁에 남아 있었습니다.

분한 마음, 늙고 병든 몸으로도 아들과의 생계를 위해 가마 앞에 시기를 멈추지 않습니다. 몇 번이나 쓰러지고 다시 일어나며 독을 굽는 장면에서는, 아버지로서의 책임과 장인으로서의 자존이 함께 느껴졌습니다.

그러나 정성껏 만든 독이 자꾸만 깨지는 것을 보며 자신의 시간이 얼마 남지 않았음을 깨닫게 됩니다. 죽는다는 두려움보다도, 홀로 남게 될 아들을 향한 걱정이 먼저 자리 잡았을 것이라고 생각합니다. 마지막까지 품고 잘 키우고 싶은 존재이지만, 때로는 더 나은 삶을 위해 손을 놓아야 하는 순간에 당면합니다. 당손이를 남에게 부탁하고 불가마 속으로 들어가는 장면은 매우 아픈 상징입니다.

「목넘이 마을의 개」와, 「독 짓는 늙은이」가 전하는 말은 무엇일까요. 그때 누군가 그렇게 살다가 그렇게 사라진 영혼들이 있었나 봅니다. 떠돌이 개처럼 살아야 했던 황량한 세상사, 늙고 병든 몸으로 자식 하나를 건사하지 못하고 스스로 소멸의 길을 택하는 늙은 장인과 같은 삶이 있었나 봅니다. 그런 시대에 무엇으로 살아가고 무엇을 남기며 떠나야 했는지 생명을 향한 연민과 책임의식을 주제로 담아 봅니다.

서로에게 의미 있는 존재가 되고 싶다

– 김춘수기념관

꽃
. . .

내가 그의 이름을 불러주기 전에는
그는 다만
하나의 몸짓에 지나지 않았다

내가 그의 이름을 불러주었을 때,
그는 나에게로 와서
꽃이 되었다

내가 그의 이름을 불러준 것처럼
나의 이 빛깔과 향기에 알맞은
누가 나의 이름을 불러다오
그에게로 가서 나도
그의 꽃이 되고 싶다

우리들은 모두
무엇이 되고 싶다
너는 나에게 나는 너에게
잊혀지지 않는 하나의 눈짓이 되고 싶다.

김춘수(1922~2004, 향년 82세) 통영출생. 경북대 교수 영남대 문과대학장 11대 국회의원역임. 작품으로 「빛 속에 그늘」, 「시인이 되어 나귀를 타고」, 「처용단장」, 「달개비꽃」, 「타령조」 외 다수입니다. 대표작 「꽃」은 1955년 작으로 시대적 상황상 관계의 상실감 회복으로 보겠습니다.

청마 선생의 문학관을 찾아 통영으로 향하던 길은, 오래된 시인의 마음속으로 걸어 들어가는 여정 같습니다. 통영에서 뜻밖의 만남입니다. '꽃'의 시인 김춘수 선생 유품전시관입니다. 계획에 없던 방문이었지만, 시를 좋아하는 사람에게 우연은 이렇게 다가옵니다.

김춘수 선생의 대표시 「꽃」은, 존재와 본질의 의미를 깊이 성찰한 작품으로 교과에 나와 있습니다. 그의 이름을 알맞게 불러준다는 것은 상대를 향한 이해와 사랑의 행위입니다. 존재는 관계 속에서 의미를 얻고, 그 순간 비로소 인정의 '꽃'으로 피어난다는 의미로 배웠습니다.

모든 문학을 한마디로 요약하면 사랑이라고 합니다. 사랑을 하기에… 사랑을 노래하느라… 사랑을 이루지 못해서… 사랑을 잃은 슬픔과 아픔을… 말하고자 문학이 필요하더란 말입니다. 사랑의 지극함을 다시 문장으로 요약한다면 뭐라고 표현할 수 있을까요. [내가 지극히 좋아하는 이가~ 나를 무량하게 좋아하는 것]

청마 유치환 선생의 정서와, 김춘수 선생의 시를 품은 항구 도시 통영입니다. 한 분은 사랑의 열정과 삶의 고뇌 속에서도 치열하게 살아갈 용기를 노래했고, 또 한 분은 존재가 서로의 이름을 통해 완성된다고 말했습니다. 두 시인이 건네는 서로 다른 문학적 온도를 체험하는 시간이었습니다. 그리고 별미, 통영 꿀빵~ 맛있습니다^^

남도의 빛, 눈부신 기다림과 쓸쓸함

– 김영랑 생가

모란이 피기까지는
모란이 피기까지는
나는 아직 나의 봄을 기다리고 있을 테요
모란이 뚝뚝 떨어져 버린 날
나는 비로소 봄을 여읜 설움에 잠길 테요

오월 어느 날 그 하루 무덥던 날
떨어져 누운 꽃잎마저 시들어 버리고는
천지에 모란은 자취도 없어지고
뻗쳐 오르던 내 보람 서운케 무너졌느니

모란이 지고 말면 그뿐 내 한 해는 다 가고 말아
삼백 예순 날 하냥 섭섭해 우옵네다
모란이 피기까지는
나는 아직 기다리고 있을 테요 찬란한 슬픔의 봄을

김영랑(1903~1950) 시인은 전라남도 강진에서 태어났으며, 본명은 김윤식입니다. 강진 보통학교를 졸업하고 휘문의숙에 진학, 3·1운동 당시 만세운동에 참여하여 옥고를 치르기도 하였습니다. 작품 「동백잎에 빛나는 마음」, 「거문고」, 「독을 차고」, 「천리를 올라온다」, 「모란이 피기까지는」 등 86편의 작품을 남겼습니다.

　선생의 시는 맑고 절제된 언어 속에 시대의 아픔을 담고 있습니다. 지난번, 다산초당을 찾아 강진을 지나던 중, 김영랑 시인의 생가가 가까이에 있다는 사실을 알게 되어 뜻밖의 만남을 갖게 되었습니다. 미리 계획하지 못했던 방문이었기에 더욱 반가운 마음이 들었습니다.
　생가를 배경으로 모란꽃이 무리 지어 핀다 하였으나, 늦가을 절기라 아쉽게도 모란꽃은 볼 수 없었습니다. 대신 시인의 숨결이 배어 있을 법한 공간을 둘러보며, 시 속의 모란을 마음으로 그려보게 되었습니다.
　누이동생이 장독대에 장을 뜨러 나왔다가 붉게 물든 감잎을 보고 "오메, 단풍 들것네!" 하고 놀라셨다는 장면이 떠올랐습니다. 그 장독대와 마당, 그리고 시인의 서재까지 직접 보고 싶었습니다. 시는 일상, 일화에서 비롯된다는 사실을 다시금 느끼게 되는 순간이었습니다.

　「모란이 피기까지는」은 봄을 기다리는 마음을 노래하면서, 동시에 봄을 잃는 슬픔을 예고합니다. 그리고 그 슬픔마저 다시 기다림으로 끌어안고 있습니다. 어쩌면 모란뿐 아니라 우리의 모든 기다림이 이와 같을지도 모르겠습니다. 기다림의 시 한 편을 더 보겠습니다.

내 마음 어딘 듯 한편에

끝없는 강물이 흐르네

돋쳐 오르는 아침 날빛이

빤질한 은결을 도도네

가슴엔 듯 눈엔 듯 또 핏줄엔 듯

마음이 도른도른 숨어 있는 곳

내 마음의 어딘 듯 한편에

끝없는 강물이 흐르네.

「동백잎에 빛나는 마음」 전문입니다. 모란꽃 동백꽃 단풍, 마당 앞 맑은 새암, 시어마다 맑음이고 그리움입니다. 사철 푸른 동백잎은 두껍고 반질반질합니다. 시인은 햇살과 은빛 반짝임에서 어느 그리움의 이미지가 떠올랐나 봅니다. 마음 한켠 어딘가에 끝없이 흐르는 그리움의 강물.

　가면 다시 오는 것도 있고, 가면 다시 오지 않는 것도 있으며, 오지 않을 줄 알면서도 기다리게 되는 마음이 있습니다. 그러한 외로움과 쓸쓸함의 반복이 바로 우리네 인생의 모습이 아닐까 생각해 보게 됩니다.

　다산초당에서 김영랑 시인의 생가까지는 약 8km 남짓한 거리입니다. 한 시대를 의미롭게 살아가신 두 분의 자취를 같은 지역에서 마주할 수 있었던 시간은, 시와 사상, 그리고 삶을 함께 돌아보는 뜻깊은 여정이었습니다.

역사로 남는 나의 기록

– 채만식문학관

채만식(1902~1950. 향년 47세) 전북 군산시 출생. 와세다대학교 영어영문학과 중퇴. 1924년 단편소설 「새길로」 등단. 주요 저서로 「탁류」, 「천하태평」 등 290여 작품을 썼습니다. '군산시 내흥동 채만식 문학관은 큰 길가에 위치해서 찾기 쉽습니다. 160평 규모로 2층으로 되어 있습니다. 영상실 하나만 바로 시청해도 작가의 일생을 이해하기 충분합니다.

군산 읍내 부잣집 아들입니다. 집에서 정한 혼처와 마음에 없는 결혼을 하고, 이혼하지 않은 채 도시로 나와 신여성과 결혼합니다. 첫 부인 사이에 두 아들이 있습니다. 오랜만에 고향 집을 가던 중 버스 안에서 아들을 만났다지요. 아들은 아버지를 몰라보고, 아버지는 아들을 못 알아보는데, 동네 어르신이 서로를 소개해 줬다는 일화가 있습니다.

레디메이드 인생

작품은 시대를 조명하고 작가 자신의 내면을 보여 줍니다. 채만식 선생의 소설 「레디메이드 인생」은 식민지 현실 속에서 무력해진 지식인의 삶을 풍자와 자조의 시선으로 그린 작품입니다. 내용을 보겠습니다.

주인공 P는 지식인이지만, 식민지 사회에서 직업 없이 무위도식하며 살아가는 인물입니다. 지식인으로서의 자존심은 남아 있으나, 현실을 타개할 능력이나 실천 의지는 부족합니다. 생활고에 시달리면서도 뚜렷한 해결책을 찾지 못한 채 술과 잡담으로 하루하루를 보내며 현실을 회피합니다.

그에게는 아들 하나가 있으나, 형편이 어려워 형님 댁에 맡겨 둔 상태입니다. 어느 날 형님으로부터 아이가 학교에 갈 나이가 되었으니 데려가라는 편지가 옵니다. P는 아들 창선이를 데려오지만, 기쁨보다는 한숨이 앞섭니다. 당장 자신의 삶조차 막막한 상황에서 아이를 교육하는 일이 무슨 의미가 있는지… 회의가 짓누릅니다.

P는 아들이 자라도 결국 자신처럼 아무것도 하지 못한 채 살아가게 될 것이라 생각합니다. 차라리 깊이 생각하지 않고, 사회가 만들어 놓은 틀 속에서 '기성품처럼 찍혀 나온 인생'을 사는 것이 더 편할지도 모른다는 자조적인 결론에 이릅니다. 그는 아들의 교육이나 희망보다는, 체념에 가까운 태도로 현실을 받아들입니다.

결국 P는 창선이를 인쇄소에 취직시키며 "레디메이드 인생이 이제서야 제 자리를 찾는구나"라고 말합니다. 아들에 대한 아픔과 동시에, 자신이 처한 삶과 시대에 대한 깊은 자조가 담겨 있습니다. 작품은 주인공의 대화를 중심으로 전개되며, 극적인 사건보다는 지식인의 무기력과 반복되는 좌절이 강조됩니다.

내용마다 웃음이 섞인 문체로 쓰였지만, 씁쓸함이 오래 남습니다. P 개인의 실패담이 아니라, 조선 지식인들이 처한 시대적 한계를 보여주기 때문입니다. 자식에게 공부보다, 차라리 아무 생각 없이 살아가는 기성품이 낮다고 여기는 모습은, 당시 사회가 개인의 의지와 가능성마저 무력화했음을 잘 보여 줍니다.

1930년대에 쓰인 작품인데 오늘날에도 비슷한 질문을 던집니다. 스스로 생각하고 선택하는 삶을 포기한 채, 사회와 집단이 만들어 놓은 틀에 순응하며 살아가는 것이 과연 편안한 인생인지… 올바른 인생길인지… 보람된 인생인지… 지난 세월과 요즘 젊음을 바라보며 다시 한번 생각해 봅니다.

채만식 문학관은 군산 내흥동에 위치합니다. 주변에 볼거리 먹거리가 많습니다. 바닷가 횟집이 많습니다. 선유도 은파공원이 가깝고, 경암동에 옛철길마을이 있으며 근대역사박물관 일본식 가옥, 영화로 유명해진 초원사진관, 대전 성심당에 뒤지지 않는 이성당 빵집이 유명합니다.

탁류

채만식의 장편소설 「탁류」는 일제강점기 군산을 배경으로, 식민지 자본주의의 혼탁한 흐름 속에서 몰락해 가는 한 가족과 그 중심에 선 여성 초봉의 비극적인 삶을 그린 작품입니다. 내용을 보겠습니다.

초봉은 보통학교를 졸업한 뒤 약국 점원으로 일하는 미모의 여성입니다. 그녀의 아버지 정주사는 한때 면사무소 말단 주사보로 일했으나,

실직 후 군산 달동네로 밀려와 궁핍한 삶을 이어가고 있습니다. 생활고에 몰린 정주사는 미두(투기)에 빠져 결국 빈털터리 '하마꾼'으로 전락하고, 어머니가 삯바느질을 해서 겨우 생계를 유지합니다.

힘겨운 가정 속에서도 어머니의 헌신 덕분에 초봉은 여학교를 졸업하고 성실히 살아가지만, 얼굴이 너무나 이쁜 게 오히려 불행의 씨앗이 됩니다. 초봉은 가난하지만 성실한 의사고시생 남승재와 서로 마음을 나누지요. 하지만 집안 사정 때문에 사랑을 이어갈 수 없습니다.

이쯤에 은행원 고태수가 등장합니다. 겉으로는 번듯한 은행원인데, 실제는 은행 자금을 횡령하고 미두 투기에 손을 대며 기생집을 전전하는 인물입니다. 언제라도 자살할 생각으로 살아가는 인간이, 죽기 전 소원이라며 초봉과의 결혼을 강행합니다. 초봉은 부모에게 가게를 차려준다는 말에 '팔려가듯' 결혼을 결심합니다.

결혼은 비극의 시작이었습니다. 고태수의 친구이자 미두장 불한당인 곱사등이 장형보가, 초봉에게 집요한 욕망을 품고 있었고, 신혼 열흘 만에 고태수가 집을 비운 사이 초봉을 겁탈합니다. 더 큰 비극은 이 사건이 음모 속에서 살인으로 이어진다는 점입니다.

초봉은 더 이상 군산에 머물 수 없어 서울로 갑니다. 여기서 예전 약국 주인 박제호를 만나게 되고, 그는 초봉을 데려가 첩으로 삼습니다. 초봉은 원치 않는 임신을 하게 되며, 아이의 아버지가 누구인지조차 확신할 수 없습니다. 낙태를 시도하지만 실패하고 딸 송희를 낳습니다.

약국 주인 박제호는 초봉을 끝까지 책임지지 않습니다. 강간범 장형보가 나타나 송희가 자신의 딸일지도 모른다며 초봉을 달라고 요구합니다. 박제호는 이를 기회로 초봉을 장형보에게 넘기고 떠납니다. 초봉은 장형보와의 동거 조건으로 가족에게 돈을 보내고 동생들을 공부시키겠다는 약속을 받아냅니다.

동생 계봉이 성장하여 의사가 되고, 초봉의 첫사랑이었던 의사와 다시 인연이 닿습니다. 계봉은 언니의 비참한 사연을 알게 된 후 장형보를 찾아가, 언니 초봉과 송희를 구해내려 하지만, 이미 초봉은 장형보를 살해한 뒤입니다.

「탁류」는 말 그대로 '흐려진 물' 속에서 허우적대는 인간사 기록입니다. 겪어보지 않고는 말하지 말라 하지만… 어쩌면 인간들이 하나같이 욕망과 빈곤, 타락 속으로 빠져듭니까! 이 중에 초봉이가 가장 비참합니다. 가난한 집안의 맏딸이라는 이유로, 여성이라는 이유로, 예쁘다는 이유로 끝없이 괴롭습니다. 그런 아비가 아니었다면~ 좋아하는 승재와 맺어졌더라면~ 얼마나 곱게 살아갈 것인지~ 현실로 대비해보자니 두루~ 마음이 아립니다.

영원한 마음의 고향을 그리다

― 정지용 문학관

향수

넓은 벌 동쪽 끝으로
옛이야기 지줄대는 실개천이 휘돌아 나가고,
얼룩백이 황소가
해설피 금빛 게으른 울음을 우는 곳.

― 그곳이 차마 꿈엔들 잊힐리야.

질화로에 재가 식어지면
비인 밭에 밤바람 소리 말을 달리고,
엷은 졸음에 겨운 늙으신 아버지가
짚베개를 돋아 고이시는 곳,

― 그곳이 차마 꿈엔들 잊힐리야.

흙에서 자란 내 마음
파아란 하늘 빛이 그리워

함부로 쏜 화살을 찾아러
풀섶 이슬에 함추름 휘적시던 곳,

– 그곳이 차마 꿈엔들 잊힐리야.

전설 바다에 춤추는 밤물결 같은
검은 귀밑머리 날리는 어린 누이와
아무렇지도 않고 예쁠 것도 없는
사철 발 벗은 아내가 따가운 햇살을
등에 지고 이삭 줍던 곳,

– 그곳이 차마 꿈엔들 잊힐리야.

하늘에는 성근 별
알 수도 없는 모래성으로 발을 옮기고,
서리까마귀 우지짖고 지나가는 초라한 지붕,
흐릿한 불빛에 돌아앉아 도란도란 거리는 곳,

– 그곳이 차마 꿈엔들 잊힐리야.

　그리운 장면, 심상의 아름다움을 언어로 그림 그려내는 문재(文才) 정
지용입니다. 향수에 등장하는 아버지는 우리 아버지 같고, 게으른 울음
소리를 내는 얼룩배기 황소도 우리 집 황소 같습니다. 함부로 뛰어다니

던 들판도 우리 동네를 닮았습니다. 그곳이 차마 꿈엔들 잊힐리야~~ 있겠습니까!

시를 감상하면서~ 비어 있는 밭에 밤바람 소리는 알겠는데, 말을 달린다는 것은 무슨 의미일까~ 전설 바다에 춤추는 밤물결이 어쩌하기에, 어린 누이의 머릿결에 비유했을까~ 궁금했습니다. 고향, 향토적, 그리움, 원관념은 어린 누이의 고운 머릿결, 밤물결은 보조관념이라 말하면서도 선뜻 와 닿지 않은 부분입니다.

한번은 학생들과 밤바다에 놀러간 적이 있습니다. 적당한 바람에 적당히 넘실대는 밤물결이 달빛을 더하니 환상입니다. 모두들 좋아라 걷고, 달리며 명랑합니다. 긴 머리 찰랑이며 뛰어다니는 소녀들의 뒷모습, 그 머릿결과 흡사한 밤물결입니다. 기막힌 심미적 표현입니다.

질화로 소중한 겨울 밤입니다. 시골집 외벽에는 여러 도구들이 걸려 있습니다. 망태기, 바가지, 삼태기, 메꾸리, 이런 것들이 바람에 의해 데그락 데그락… 같은 음보로 부딪히는 소리입니다. 생활의 소리 현장의 소리입니다. 잠들기전 시골집에서 들었습니다. 말달리는 소리입니다 배우며 실감하며 감동을 부르는 시 '향수'입니다.

다도해기(多島海記)

정지용(鄭芝溶, 1903~6·25 때 납북) 충북 옥천 출생 일본 도시샤(同志社) 대학 영문과 졸업 이화여전 교수, 시문학 동인으로 감각적 이미지를 중시. 후기에는 고전적 정서를 담은 시를 발표합니다.

여러 수필을 읽다 보면 주제에 흥미로운 점을 느낍니다. 바다를 소재로 글을 쓰는 분은 바다를 좋아하고 즐기다 못해 아예 바닷사람이 되어 버립니다. 산에 대한 시심이 강렬한 분은 산을 좋아하다 산사람을 동경합니다. 다도해기는 정지용 시인이, 김영랑 시인과 남해 다도해와 제주도를 다녀온 기행으로, 정감(情感) 중심으로 섬세하게 풀었다는 평(評)입니다. 호수로~ 포구로~ 항구로~ 바다로~ 섬으로~ 익숙한 감성 문인들의 여행기로 들어가 봅니다

목포에서 아홉 시 반, 밤배를 타고 제주도로 향합니다. 배 안이 깨끗하고 넓어서 기분 좋은데, 한 중년 부인이 아무렇게나 풀어 헤친 모양새로 누워있습니다. 이런 데서 이러면 되나! 한마디 하고 싶은데 꼭 참습니다. 잠시 후 뱃멀미가 시작되니, 자기도 누워버리게 됩니다.

해협을 건너려면 뱃멀미를 피할 수 없습니다. 울렁울렁 울컥울컥 뒤통수가 징징거리는 게 병중에 병, 연애병 같습니다. 한바탕 치러야 할 예절 같습니다. 참을 것 같기도 하고 못 참을 것 같기도 합니다. 이럴 즈음 영랑이 부릅니다. 단숨에 갑판에 올라가니 선선한 바람이 불어옵니다.

아~ 아~ 바람도 많고 섬도 많구나! 수로만리를 비추고도 남을 밝은 달빛에 바다가 넓기도 하구나!~ 동서남북 바다가 끝이 없습니다. 갑판 위 사람들은 끼리끼리 모여, 기대거나 서 있고, 자는 이, 노는 이, 웃고

떠드는 이, 시조를 읊는 이 노래를 부르는 이, 별별 모양새가 많기도 합니다.

그 사이 가좌도, 장산도, 우수영, 가사도, 진도를 지나 추자도에 다다랐을 때 선잠이 깨었습니다. 지도에 보일 듯 말 듯한 작은 섬 추자도의 생기가 대단합니다. 굳세고 힘찬 근로가 있는 곳, 목선 한 척이 들어오는데 뱃장 널빤지 한쪽을 쳐드니 펄펄 뛰는 생선들로 가득합니다.

장어, 붉은 도미, 숭어 따위가 한 자는 넘는데 우물우물합니다. 흐벅진 놈을 바로 회 쳐서 먹고 싶습니다. 독하고도 맛이 감치는 남도 소주를 기울이면서 말이지요. 이런 맹렬한 식욕을 절제하기 어렵습니다. 나그네로 나서고 보면 모든 풍경이나 식욕이나 이목에 관한 것이 새삼 다정합니다.

이런 욕구와 감성을 대단치도 않은 절제로 지나치고 나서 매번 아쉬워한단 말입니다. 일정 때문에~ 비용 때문에~ 체면 때문에~ 마음껏 풀어내지 못하는 아쉬움입니다. 다음에 오면은 다시 하리라. 누구와 오면은 그러하리라. 맛보고 즐기며 또 다시 오리라는 풍성한 약속입니다.

맺음말

　문학사의 갈피를 더듬다 보면, 시 한 편이 나오기까지, 한 권의 책이 나오기까지 참으로 많은 고뇌와 감성이 깃들어 있음을 깨닫게 됩니다. 시대의 아픔을 노래했던 시인과, 질곡 속에서도 순수한 영혼을 지켜낸 작가들, 역사와 민족의 기억을 되살리고자 문맥을 붙들고 평생을 살아온 문인들의 삶은 인내심이라는 공통된 사실입니다.

　그분들의 삶 속에는 화려한 명성도 있고 바르게 살고자 했던 의지와 갈등의 시간이 자리하고 있었다는 사실입니다. 때로는 약자를 위해 내린 결단이 당대에는 오해를 받기도 했지만, 세월이 흐른 뒤에야 다시 평가되기도 했습니다.

　그 선택의 중심에는 늘 떳떳한 양심이 있었습니다. 문학은 당시대 상황을 그려냈습니다. 외면하지 않았습니다. 권력보다는 아프고 고단한 사람들의 곁에 서서 말없이 등을 토닥여 주는 위로가 되어 주었습니다.

　오랜 시간 문학을 읽어 왔고, 어느 순간부터 작품을 따라 걷기 시작했습니다. 여기가 그 장면이었구나! 책 속에서 만난 이야기가 작가들의 생가와 문학관에서 되살아나는 순간, 새삼스러운 경험이 되었습니다.

　여고 시절, 몸이 불편했던 한 친구가 있었습니다. 목발 없이는 걸을 수 없었지만 그 친구는 늘 맑은 미소를 잃지 않았습니다. 그 내면에는 짐작 이상의 깊은 고통이 자리했을 것입니다. 그 어둠을 건너게 해 준 것은 한 권의 책이었습니다. 펄 벅의 「자라지 않는 아이」를 통해 자신의 삶을 다시 바라보게 되었고, 절망 속에서도 살아갈 수 있다는 각오를 다졌다고 했습니다. 「자라지 않는 아이」는 펄 벅의 유일한 혈육인 딸아이가 장애를 갖고 태어나 많은 고뇌를 겪어가는 과정과 나중엔 수용하고 극복하는 내용입니다.

그 친구는 사회복지의 현장에서 따뜻한 삶을 실천하며 자신의 길을 보람 있게 걷고 있습니다. 글을 읽다 보면 가슴을 울리는 한 문장이 언제, 어디에서 다가올지 알 수 없습니다. 어느 순간 아주 강력한 지침이 되고, 캄캄한 밤바다를 비추는 등대처럼, 힘든 이의 삶을 밝혀 준 예화가 여럿입니다.

책을 읽을 때마다 작가의 의도를 생각합니다. 역사적 전환기마다 수많은 군상을 그리는 동안 무슨 말을 전하고 싶었을까! 진정, 하고자 하는 말을 다 할 수 있었을까! 뱉고 싶은 말을 얼마나 삼켜야 했을까! 흔들리지만 끝까지 견디고 버텨서 자리를 지키는, 인생 이야기를 전개하는 과정이 얼마나 힘들었을까! 창작의 고뇌와 좌절의 순간을 이겨내면서 집필하는 모습을 상상했습니다. 스스로 글의 감옥을 만들어 놓고 고행을 자처한 작가의 뒤안길에, 존경한다는 말조차도 함부로 내놓기 어려웠습니다.

빠른 세월입니다. 어쩌다 보니 여기까지 왔습니다. 쏜살같이 흐른 세월 동안 무엇을 이루었는가! 무엇을 위해 살아왔는가! 남은 세월을 어떻게 살아가야 할 것인가! 생각할수록 부실하게 보낸 시간이 부끄럽고 아쉽습니다. 앞서간 선현의 행적을 미리 알고 배우며 따랐더라면 얼마나 좋았을까요! 지금이라도 한두 분, 롤 모델을 삼아, 가까이 다가가는 노력도 좋다고 봅니다. 독서와 문학 탐방길은 시간과 정서를 허투루 보내지 않게 하는 지표가 된다는 점 확실합니다.

이후 여력은 더 크게 이루기보다 따뜻하게 나누기 위해 쓰고 싶습니다. 더 오래 기억되기보다 떳떳하게 살기 위해 쓰고 싶습니다. 문학은, 곧 나 자신의 삶을 돌아보는 길이었습니다. 그 길은 앞으로도 나를 바른 방향으로 이끌어 주는 방향키가 될 것입니다.

이 글이 누군가의 마음에 쉼이 되고 다시 걸어갈 용기를 건네는 따뜻한 동행이 되기를 바랍니다. 부족한 기록이지만 한 권의 책으로, 한 곳의 문학관으로 이끄는 마중물이 되기를 소망합니다. 읽어 주신 모든 분께 진심으로 감사의 마음을 드립니다.

문학을 읽고 삶을 걷다

초판 1쇄 2026년 4월 24일

지은이 어진이
발행인 김재홍
교정/교열 김혜린
디자인 박효은
마케팅 이연실

발행처 도서출판지식공감
등록번호 제2019-000164호
주소 서울특별시 영등포구 경인로82길 3-4 센터플러스 1117호(문래동1가)
전화 02-3141-2700
팩스 02-322-3089
홈페이지 www.bookdaum.com
이메일 jisikwon@naver.com

가격 18,000원
ISBN 979-11-5622-993-3 43800